ベリーズ文庫

極上恋愛

～エリート御曹司は狙った獲物を逃さない～

滝井みらん

JN228951

STARTS
スターツ出版株式会社

目次

極上恋愛〜エリート御曹司は狙った獲物を逃さない〜

極上恋愛

～エリート御曹司は狙った獲物を逃さない～

親友の結婚式は最高の笑顔で？

「柚月《ゆづき》、受け取って！」

六月下旬、都内の高級ホテル内のチャペルで盛大に行われた結婚式。

ウェディングドレスを身に纏った親友が私に向かってブーケを投げる。

結婚式恒例のブーケトス。空は雲ひとつない晴天。

眩しい太陽の光を受けて、ピンクの花のブーケがストンと私の腕の中に落ちた。

それを見た花嫁が満足気ににっこりと微笑む。

「次は柚月の番だからね」

花嫁の隣にいる花婿も、彼女の肩に手を添えてお日様のように笑った。

「藤宮《ふじみや》の結婚式には呼べよ」

その笑顔を見てハハハッと苦笑する。

私、藤宮柚月は医療機器メーカー『TAKANO』に勤めるOLで、社長秘書。

二十九歳、独身、彼氏なし。身長は百六十五センチで、目が少しつり目の猫顔。自慢はストレートの長い黒髪なのだけど、目がつり目のせいで余計に人にツンケンして見られる。

　私が勤務している『ＴＡＫＡＮＯ』は業界でも五本の指に入る大企業で、新宿《しんじゅく》にある三十七階建ての本社ビルには約八百人もの社員が働いている。

　消毒に使うガーゼからＭＲＩなどの大型装置まで幅広い医療製品を取り扱っているのだ。

　そして、その『ＴＡＫＡＮＯ』の社長令息が今日の結婚式の花婿で、高野真司《たかのしんじ》。

　黒髪に精悍な顔立ちをしたイケメンで、性格は穏やかで優しい。経営企画部の課長で、人望もあり、将来は社長。

　花嫁の春田朱莉《はるたあかり》は私の大学時代からの親友で、同じ会社に就職した。

　小柄で可愛い彼女はまん丸の大きな目が印象的。ふわりとした栗色のセミロングで、性格はおっとり系だ。人当たりもとてもよくて男性社員のアイドル的存在だった。

　総務部には、用もないのに彼女に会いに来る男性社員が後を絶たなかったらしい。

　そんな親友の結婚を終始笑顔でお祝いしたかったのだが、高野の何気ないひと言に凹《へこ》む自分がいる。

　結婚の予定もないし、そもそも付き合っている人もいない。

実は私は、ずっと高野が好きだった。

彼の優しい笑顔や包容力のあるところに惹かれていたのだ。

急に雨が降った時は「俺はいいから」と折り畳み傘を貸してくれたり、仕事のことで悩んでいた時は「ひとりで抱え込むなよ」と親身になって相談に乗ってくれたりした。

でも、親友の好きな人に「好きです」なんて口が裂けても言えなかった。

朱莉の恋を応援したかったたし、高野の視線がいつも彼女を追っているのも知っていたから。

まあ、自分が男なら私のような男勝りな女よりも、朱莉のような可愛い女の子を選ぶだろうとも思う。

今も正直、未練はある。

でも、誰にも言うつもりはないし、それは私の問題。この気持ちは、墓場まで持っていくつもりだ。

墓場なんて言葉が出てくる時点で、私の人生終わっているのかもしれないけど。

「一生待っても私の番なんて来ないわよ。もう当分恋なんてしない」

ボソッと自虐的に呟くと、受け取ったブーケを上に掲げてニコリと笑顔を作った。

「この場面で笑うお前って凄いな。尊敬する」

いつの間にかすぐ横に立っていたその男は、私を見下ろして微かに口角を上げた。

前園健斗《まえぞのけんと》。高野の親友。小学校からずっと一緒だったらしい。

絹糸のようなブラウンの髪、俳優顔負けの端整な甘いマスクに百八十センチの長身。

私が思うに今まで会った中で一番の美形だが、女ったらし。泣かした女は星の数ほどいる。

しかも仕事は有能。彼も『ＴＡＫＡＮＯ』に勤めていて、営業部の課長だ。

私と前園と新郎新婦の四人は同じ会社の同期。

新人研修の時に同じグループだったこともあり仲がよく、入社当初は週一で飲みに行ったり、週末はスキーや温泉に頻繁に出かけたりした。

だけど、私と前園は仲がよいというより天敵。

会えばいつも口喧嘩というか、私があいつの手のひらの上でいいように踊らされている。

「結婚式なんだから当然でしょ！」

前園の胸を、周囲には気付かれないように拳でドンと叩く。

「無理するなよ。胸貸そうか？　お前今にも泣きそうな顔してるけど」

私の顔を覗き込んで冷やかす前園をキッと睨みつけた。

「あんた目がおかしいんじゃないの？」

「俺、両目とも二、〇。なんでも見える」

じっと私を見つめるその目は、〝全てお見通し〟と言わんばかりに笑っている。

『なんでも』というのは、遠回しに私が高野のことを好きなのもわかっていると言っているのだろう。

……マズイ。こいつは鋭い奴だ。半端なごまかしは効かない。

「前園なら透視もできそうね。頼むから女の子透視してニヤニヤしないでよ」

できだけ平静を装っていつものようにやり返す。

すると、彼はフッと微笑した。

「女は透視するより、自分の手で服を脱がす方が楽しいな」

「脱がすのは自分の彼女だけにしてよね」

軽蔑の眼差しを向けると、前園はしれっとした顔で言う。

「彼女なんていないけど」

「うちの受付の新人はどうなのよ？　あんたが手を出したってもっぱらの噂よ」

片眉を上げて追及するが、前園は首を傾げてとぼけた。

「さあ?　俺の記憶にはないな」

この女ったらしめ。

「随分と都合のいい記憶ですこと」

チクリと嫌みを言えば、私達のやり取りを見ていた朱莉に突っ込まれた。

「ふたりとも今日は仲よくね」

フフッと微笑む彼女を見てハッとする。

いけない、つい前園のペースに乗せられてしまった。

「お前ら相変わらずだな」

高野も私と前園を見てクスッと笑うと、朱莉を連れて退場する。

徐々に私の視界から遠ざかるふたり。

高野は今日から朱莉の旦那様だ。

それに、朱莉は会社を辞め、今後は高野の母親について高野家の嫁としての振る舞いを学ぶらしい。もう会社で彼女とランチを一緒にすることもない。

失恋の上に、親友も片思いの相手に取られ、胸にポッカリ穴が空いてしまったかのようだ。

みんな遠くへ行っちゃった。

感傷に浸っていたら、前園が馴れ馴れしく私の肩を抱いて囁いた。

「頑張ったな」

不意にかけられた言葉に目頭が熱くなる。

込み上げてきそうな涙を必死に抑え、私の肩にある彼の手の甲をギュッとつねって怒った。

「触るな。油断も隙もない」

「イテッ」とわざとらしく大袈裟に呻いて顔をしかめる前園。

普通の男ならかなり三枚目に見えるところだが、前園がやると何故か魅力的に見える。

それが凄く憎たらしい。

「藤宮、少しは手加減してくれよ。お前の爪の痕がクッキリ残ってんだけど」

前園は私に見せつけるように手をさする。

「それで済んでよかったわね。次は血を見るわよ」

冷淡な声で警告すると、前園は楽しげに頬を緩めた。

「その氷のような目。それでこそ俺の柚月」

前園の発言にゾゾッと寒気がする。

「……あんたマゾなの？　それにいつ私があんたのものになった！」

自分の肩を抱きながら反論すれば、前園はニヤリとした。

「いずれ俺のものになるよ」

唖然としてしまってなにも言い返せなかった。

こいつ……女は全部自分のものだと思ってるよね？

その後、披露宴会場に移動して受付を済ませると、秘書課の面々に捕まった。

「春田さんのウェディングドレス姿はもちろん綺麗でしたけど、藤宮さんのその水色のドレス、とっても似合ってますね」

ニコッと人懐っこい笑みを浮かべるのは、二コ下の後輩、片桐《かたぎり》翔太《しょうた》。

身長百七十五センチ、髪は茶髪で軽くウェーブがかかっていて、中性的な顔立ち。

性格は温厚で、表情も子犬みたいに可愛くて、女性社員に人気。

しかも、高野の従弟で社長の甥。

今は常務を担当しているが、高野が社長になったら片桐君が社長秘書になる予定だ。

「ありがと」

お世辞とわかっていても褒められると嬉しい。

特に前園とやり合った後に彼に接すると癒やされる。

「柚月先輩、ブーケもらったんですよね。いいなあ」

一コ下の後輩、立花美希《たちばなみき》が羨ましそうにブーケに視線を向ける。

毛先がカールしたボブに、目はクッキリ二重で少しふっくらした唇。

小悪魔チックな雰囲気を醸し出している彼女は、専務担当。

いつもバッチリメイクでファッションにしか興味なさそうに見えるが、仕事はキッチリこなす。

「ハハッ、今彼氏もいないけどね」

苦笑いすると、美希ちゃんは強い口調で言った。

「先輩、私達アラサーなんですからね。呑気に笑ってる場合じゃないですよ。婚活しないと」

「婚活……ねえ。なんか面倒だな、そういうの。お見合いの話はちょくちょくあるけど」

「え？　藤宮さん、お見合いしたんですか？」

片桐君が目を見開いて驚きの声を上げる。

「いや、してないけど、実家の親がよくお見合いしろって写真送ってくるのよね」

悩ましげに答えると、美希ちゃんは興味津々といった様子で聞いてくる。

「その中に素敵な人っていないんですか？」

「うーん、弁護士だけど禿《は》げてるとか、公務員だけどバツイチとか、年齢も四十代が多くてイマイチ」

私の周囲にやたらとハイスペックなイケメンが多いのも問題なのかもしれない。

それが普通と思ってしまう。

「あー、それは断りますね」

美希ちゃんが抑揚のない声で同意した。

「でも……子供は欲しいし、妥協も必要なのかもね」

自虐的に笑えば、美希ちゃんがガシッと私の腕を掴んだ。

「ダメですよ。ここで諦めちゃ。今日は高野さんの友人とか集まってるじゃないですか。社長令息もたくさんいるみたいだし、親しくなって玉の輿狙いましょう！」

意気込む美希ちゃんを片桐君が横目に見て呆れ顔で呟く。

「立花さん、えげつない」

「うるさい。人生かかってるのよ！　片桐君の知人だっているんでしょう？　いい人紹介して」

美希ちゃんは凄みのある顔で片桐君を睨むと、彼のスーツの袖を引っ張る。

「藤宮さ〜ん」

片桐君が私の方を振り返って助けを求めたが、婚活に励む美希ちゃんを止められる者なんて誰もいない。

「片桐君、美希ちゃんの面倒見てあげて」

クスッと笑みをこぼしながらふたりの姿を見送ると、受付の時に渡された席次表を見た。

会社の同僚でまとめられたテーブルに自分の名前を見つけるが、私の左隣は前園。

げげっ。披露宴の間もずっといじられそうだ。

「……席替えしたい」

溜め息をつきながら自分の席に向かう途中、大企業の社長や政治家達と談笑している前園の姿が目に入った。

さすが営業部課長。政財界の重鎮達を前にしても堂々としてるな。

私も顔見知りの取引先の社長に声をかけられ、挨拶したのだが、「うちの息子もいい年でねえ。藤宮さん、うちに嫁に来てくれない？」と縁談を持ちかけられた。

一種の社交辞令だと思って軽く流していたら、相手は具体的な日程を提示してきた。

「来週の日曜日とか空いてないかね？」

え？　本気なの？

うろたえてしどろもどろになる私。

「あの……その……来週は……」

「吉田《よしだ》社長すみません。彼女は僕と婚約していまして」

どう断ろうかと困っていたら、前園が割って入ってきて、親しげに私の肩を抱く。

「なんだ。前園君と婚約してたのかあ。美男美女でお似合いだねえ。結婚式には招待してくれよ」

吉田社長はにこやかに前園の肩をポンと叩いて、別の人と話し出した。

「お前、なに動揺してんの？　このくらい上手くかわせよ」

前園は、私をダメな部下のように注意する。

「ま、まさか本気とは思わなかったの。助けてくれたのは感謝するけど、『婚約者』はないんじゃないの？」

ムッとして文句を言えば、前園は悪びれた様子もなく言い放った。

「相手を引かせるなら一番効果的だろ？」

目的のためなら手段を選ばない前園らしい発言。一瞬クラッと目眩《めまい》がした。

こいつの心臓は、きっと鋼《はがね》でできているに違いない。

「それはそうなんだけど、あんなすぐにバレる嘘ついて良心が咎める」

額に手を当てハーッと嘆息すると、前園は面白そうに目を光らせた。

「じゃあ本当にする？」

思わぬ言葉にゴクリと息を呑む。

「……その冗談、笑えない」

パシッと肩に置かれた前園の手を振り払い、彼を置いてスタスタと自席に向かった。

もうあいつにはついていけない。

華やかな花が飾られたテーブルに着くと、前園も追いついて私の横に座った。

「なんであんたが私の隣なのよ！」

不満を露《あらわ》にするが、前園は席次表をじっと眺め素知らぬ顔で返答。

「さあ。俺が決めたわけじゃないし、知らない」

……確かに、こいつが席を決めるわけじゃない。つい八つ当たりしてしまった。

「ごめん」と謝ろうとも思ったが、前園が隣の人と話し出してタイミングを失う。

「藤宮さん、なにじっと前園さん見てるんです？　またからかわれました？」

不意に耳元で囁くような声がして、身体がビクッとなった。

この声は……。

「片桐く……ん？　なんで親族席じゃないの？」

振り返って尋ねると、彼はポリポリと頭をかきながら説明した。

「親族席だと独身の従姉妹達にいじられるんで、真司さんに頼んで替えてもらったんですよ」

その話を聞きながら席次表を見れば、確かに私の右隣に片桐君の名前がある。

前園の名前だけ目について気付かなかったよ。

「君も大変だね」

さっきまで美希ちゃんに連れ回されてたし。

ゆっくり椅子に座る片桐君の頭をよしよしと撫でた。

「うっうっ、藤宮さんだけですよ。僕の苦労わかってくれるの。一生ついていきます！」

泣き真似をする片桐君。

「お前、就職してからキャラ変わったな」

気付けば前園がスーッと目を細め、片桐君を見ている。

ふたり……いや、高野を含めると三人は高校時代同じバスケ部で先輩後輩の間柄。

「ちょっと前園、うちの片桐君いじめないでよ」

片桐君を守るかのようにその頭を抱きしめれば、前園は盛大な溜め息をついた。

「藤宮、男を見る目なさすぎ。そいつ、子羊の振りしてるけど、とんでもないオオカミだぞ」

自分のことを棚に上げてなにを言っとるんだ、この男は。

「あんた以上のオオカミはいないわよ」

刺々しい口調で反論したところで、披露宴が始まり主役のふたりが登場した。

前園とは一時休戦だ。

新郎と新婦が壇上に上がるまで笑顔で拍手していたら、椅子に座る朱莉と目が合った。

至福の笑みを浮かべる彼女。

プリンセスみたいに綺麗だな。

もっと緊張しているかと思ったけど、意外にリラックスしていてホッとする。

朱莉は普通のサラリーマン家庭で、高野は大企業の社長の御曹司。この式にこぎつけるまで両家のご両親が反対して大変だったのだ。

でも、高野が彼女を全力で守るだろう。たとえ親戚一同を敵に回しても。

大物政治家の祝辞や職場の上司のスピーチが終わると、新郎友人のスピーチで前園が前へ出た。

一目でオーダーメイドとわかるブラックスーツに光沢のあるシルバーのネクタイを身につけた彼はまるでモデルのようにカッコよくて、会場の女性陣がみんなうっとりと見惚れていた。

弁の立つ前園は高野の学生時代や私達同期で飲みに行った時の話などをし、ジョークを交えて会場を盛り上げると、とびきりの笑顔で最後を締めくくる。

「真司、朱莉さんを幸せにしろよ。でないと、彼女の親友に締め上げられるぞ」

私に向かってウィンクする前園。

それを見てドキッとはしなかったけど、不覚にもあいつのスピーチに感動してしまった。

「やっぱり前園さんは凄いなあ。会場の女性のハート鷲掴み。藤宮さんも気をつけて下さいよ……って、泣いてるんですか⁉」

私の顔を見て片桐君がギョッとする。

「だって……あいつのスピーチ聞いてたら、同期の四人でワイワイやってたこと……思い出しちゃって」

ズズッと鼻を啜りながら言い訳したその時、横からブルーのハンカチがスッと差し出された。

あまりにも自然だったので「ありがとう」と条件反射でそれを受け取って涙を拭えば、すかさず背後から腕を回されて何者かに抱き寄せられた。

だ、誰？

「そんなに俺のスピーチよかった？」

前園!!

固まっている私に彼が極甘ボイスで囁く。すると、サーッと全身鳥肌が立った。

「ま、前園……離しなさいよ！」

必死に抗うが、ビクともしない。

「恥ずかしがるなよ。俺達婚約した仲じゃないか」

前園がクスクス笑いながら私をいじると、横にいる片桐君が目を丸くした。

「え？？？　嘘ですよね？」

「前園の冗談だから、本気にしないで！」

肘でドンと前園の胸を突き、借りたハンカチをテーブルの上に投げつけるように返す。

「そんな全力で否定するなよ。傷つくなあ」

前園はわざとショックを受けた振りをしてハンカチをしまうと、私の耳元で声を潜めた。

「涙引っ込んだな」

したり顔でニヤッとして、優雅な所作で席に戻る。

……私を元気づけようとしたのか。

前園なりに泣いていた私を気遣ってくれたのかもしれないが、周囲の注目を浴びてしまった。

会場にいる女性陣の視線が私に突き刺さって痛いんですけど。

おまけに高野が私と前園を見てニヤニヤしている。

あー、絶対誤解された。

だけど、ここで声を大にして誤解を解くわけにはいかない。

恨みがましく睨みつけるが、前園は平然とした顔で会社の同僚の出し物を見て笑っている。

その澄まし顔がムカつく！　ナプキン投げつけてやりたい。

ひと通り出し物が終わると、新郎、新婦との写真撮影会に突入。私もスマホを手にしてふたりのところへ行く。

「少しは食べないと持たないわよ」と母親みたいな注意をしたら、高野がフフッと笑った。

「本当、藤宮には頭が上がらないな。お前がうちの親父を説得してくれなかったら、俺達の結婚は無理だったかもしれないし」

「感謝してよね。それに、私の大事な朱莉を高野に譲ってあげたんだから」

上から目線で言うが、高野は嫌な顔をせず、真剣な目で告げた。

「うん、感謝してるよ」

「私も柚月にとても感謝してる」

高野の横にいる朱莉も涙目で私に伝える。

「主役が泣かないの。今日の朱莉は世界一綺麗だよ。ほら笑って」

優しく言うと、彼女は弾けるような笑顔を見せた。

うん……それでいい。朱莉はいつも笑ってて。

ふたりのショットを撮っていると、前園もやってきて、私に手を差し出した。

「お前と春田を撮ってやるからスマホ貸せよ」

「ああ、ありがと」

素直にスマホを渡し、朱莉とポーズを取りながら写真を撮ってもらう。

そこへ一眼レフカメラを持った片桐君もやってきて、前園の肩をポンと叩いた。

「同期の四人で撮ってあげますよ」

「悪いな」

前園が片桐君に礼を言って、私の隣に並ぶ。

「先輩方笑って下さい！」

片桐君の声で、この日最高の笑顔で微笑む。

撮影が終わると、朱莉と高野に心から告げた。

「お幸せにね」

ワインを飲みすぎてはいけない

「柚月先輩、今日の夜空いてますか？」

会社でメールの処理をしていたら、美希ちゃんが午後の郵便物を仕分けしながら聞いてきた。

秘書課のメンバーは五人。秘書室を入って手前の席が美希ちゃんで、その向かい側が私の席。

今、私と美希ちゃん以外のメンバーは離席中。

朱莉と高野の結婚式から早いもので一カ月が経った。

以前は朱莉と週二で外にランチを食べに行っていたけど、今はずっと秘書室でお弁当を食べている。それがもう当たり前になってきたが、まだ寂しさは感じる。

「社長を夕方送り出してしまえばなにもないよ。いいお店でも見つけたの？」

パソコン画面から顔を上げれば、美希ちゃんはどこか企み顔で微笑んだ。

「はい。とってもいいお店を見つけたんです」

その時、常務室から秘書室に戻ってきた片桐君が、私達の会話が聞こえたのか足を止めた。

「え？　いいお店ってどこですか？　僕も行きたいな」

「あんたはダメ。人数合わなくなるから」

美希ちゃんは即座に断る。

「人数？」

彼女の発言に片桐君は首を傾げつつ自分の席に戻った。

「あ……なんでもない。こっちの話」

一瞬マズイって顔をして美希ちゃんは、苦笑する。

うーん、なにか怪しい。

片桐君と目を合わせたら、コンコンというノック音の後に秘書室のドアが開いて前園が入ってきた。

「藤宮、今日どっかで社長の時間取れない？　十分でいい」

「五時なら。ただ社長は会食で五時二十分にはここを出るからね。延長なしよ」

スケジュール帳をパッと見て念押しすると、前園は頬を緩めた。

「サンキュ。これ、秘書室のみんなで食べて」

出張先で買ってきたのか、彼は紙袋を置いて秘書室を後にする。

「前園さんって仕事もできるけど、こういう気配りも忘れないですよね。今日はなんだろう?」

美希ちゃんが嬉々として前園の土産に目を向けた。

彼は出張のたびに秘書室に差し入れをしてくれる。

「今日は……プリンだよ」

早速紙袋から取り出すと、中にあった箱にプリンが入っていた。

「どれどれ」と美希ちゃんが箱の中を覗き込み、目を輝かせた。

「あー、これ名古屋《なごや》の名店のハチミツ入りプリンだあ。ニュースでやってましたけど、買うのに凄く並ぶらしいです」

「ふーん、前園さん名古屋に行ってたのか」

あまりスイーツに興味のない片桐君は、前園の出張先の方が気になるらしい。

「最近、名古屋の大学病院に頻繁に行ってるみたいだし、大口の受注があるのかもね。早速いただこうか?」

ニコリと笑って提案したら、美希ちゃんは手を叩いて喜んだ。

「わーい、私紅茶淹れますね」

「立花さん、僕はコーヒーがいいです」

片桐君の要望に美希ちゃんはとびきりの笑顔で聞き返す。

「今『コーヒー』って言った?」

彼女の目が怖くて、彼は言い直した。

「……いえ、僕も紅茶が飲みたいです」

美希ちゃんが各自のマグカップに紅茶を淹れて持って来ると、みんなで「いただきます」をしてプリンを食べ始めた。

「うわぁ、口の中でとろける。これ美味しい」

ひと口食べただけで自然と笑顔になる。

「確かに美味しいですね。甘さ控え目で、僕でも食べられますよ」

私のコメントに片桐君も同意した。

「さすが前園さん、外さないですね。顔がにやけちゃう!」

スイーツ好きの美希ちゃんが悶絶する。

そんな彼女を見てクスッと笑いながら、片桐君がある暴露話をした。

「学生時代の前園さんってこういう差し入れとかする人じゃなかったなあ。真司さんは女の子みんなに優しかったけど、前園さんは超クールで女の子を近づけなかったんですよ」

「へえ、そうなんだ。いつも女の子をはべらかしてるイメージあるのにね」

相槌を打ちながらプリンを口に運ぶと、前の席にいる美希ちゃんがスプーンをマイク代わりにして片桐君に質問した。

「ぶっちゃけ、学生時代は前園さんと高野さんのどっちが学業とかスポーツ凄かった？」

片桐君はためらうことなく即答する。

「それは、前園さんですね」

「前園なんだ」

彼の返答を意外に思い、質問した美希ちゃんよりも早く反応してしまう私。

どっちもハイスペックだから順位はつけられないって言うかと思ったのに。

「文武両道で完璧で、おまけにあの容姿でしょう？　みんな遠巻きに見て憧れてるっていうか、雲の上の存在として崇めていたというか……」

前園は神か……とツッコミたくなったが、それとなく高野のことも聞いてみる。

「じゃあ、高野は？」

「真司さんも優秀でしたけど、いつも前園さんには敵わなかったなあ。でも、誰にでも気さくで、面倒見がよくて、人望は真司さんの方がありましたね」

片桐君は淡々と高野のことを語る。

確かに彼は誰にでも優しい。だから勘違いしちゃったんだよね、私。

「今の大人の余裕がある前園さんも素敵だけど、超クールバージョンの前園さんも見てみたいなあ」

美希ちゃんは頬杖をつきながら呟く。イケメンに目がない彼女は、前園のファンだ。でも、あくまでも観賞用で恋愛対象ではないらしい。

「……言われてみれば、入社した頃の前園って孤高の王子様みたいな感じだったかも。冷たい目をしていて怖くて話しかけられなかったなあ」

それを高野が横にいていつも宥めていたような気がする。

今は女の子を見ると気さくに声かけるし、女ったらしのイメージが定着しちゃったけど。

「だからここに入った時は、藤宮さんとの漫才みたいなやり取りが信じられませんでしたよ。同一人物かって我が目を疑いましたからね。学生の時は、気軽に声をかけられる相手じゃありませんでしたから」

片桐君が苦笑いしながら語る。

きっと高校の時とか前園のこと怖いって思ってたんだろうな。

「じゃあ、いい意味で前園さん変わったんだね。営業部の子も前園さんが上司だといろいろ察してくれて仕事しやすいし、部長を立てつつ部をまとめていて雰囲気もいいって話してましたよ」

美希ちゃんの話に悔しいけど納得してしまう。

「まさに理想の上司かあ」

前園のことをそう評せば、彼女が突然突拍子もないことを言い出した。

「柚月先輩と前園さんがくっついたら凄く美形で有能な子供が生まれるでしょうね」

「はあ⁉　なんでそうなるの！」

素っ頓狂な声を上げると、美希ちゃんは顔をニヤニヤさせた。

「ふたりとも容姿が整ってて仕事もできて理想のカップルじゃないですか。それに、ふたりの間には入っていけない空気がありますよ」

「それは同期で遠慮がないからよ。私、いつもあいつにからかわれているんだから」

深い溜め息をつきながら弁解した。

「前園さんは凄ーく厄介な人なんでやめておいた方がいいですよ。藤宮さん、結婚相手には僕なんかどうですか？」

爽やかな顔で微笑み、片桐君はじっと私を見据えた。

イケメンで性格もよくて、仕事もできる。でも、男としては見られない。

可愛い犬みたいなんだよね。

「片桐君のファンに刺されそうだから遠慮しておくわ」

ニッコリと微笑み返してやんわりと断る。

「あはは、片桐君あっさり振られちゃったね」

美希ちゃんが面白そうに笑えば、片桐君は拗ねた。

「立花さん、人の不幸を笑わないで下さいよ」

このまま放置するとふたりが険悪な雰囲気になりそうなので、有無を言わさぬ笑顔で声をかける。

「ふたり共、美味しいプリンを食べたことだし、仕事しようか」

それから慌ただしく時間が過ぎて、午後五時五分前に社長室の様子を見に行くと、社長と打ち合わせしていた高野が出てきた。

「今終わったとこ。コーヒーご馳走さま」

彼がにこやかに私の肩をポンと叩くと、触れられたところからカーッと熱が上がる。

落ち着け、私。平常心だ。

ある意味、前園よりも高野の方が罪深いかも。

可愛い奥さんがいるのに、そんな気安く触れないでほしい。

「いえいえ、お粗末さまでした」

平静を装って軽く返したら、「藤宮、もう入っていい？」と背後から前園の声がした。

振り返ると、高野が前園と目を合わせクスッと笑っている。

「次は前園か。社長も息つく暇もないな」

「そうさせてるのは、あなた達よ」

笑顔でチクリと嫌みを言えば、高野は「相変わらず藤宮は厳しいな」と苦笑いして去っていった。

その後ろ姿を見送っていると、いきなり前園の顔が至近距離で視界に入ってきて思わず声を上げる。

「うわっ！」

「俺の存在忘れてるだろ？　で、社長室入っていいか？」

ニヤッとして確認してくるこいつにうろたえながらコクッと頷いた。

「どうも」

フッと微笑すると、前園はノックをして社長室に入っていった。

もういい加減、高野のことは意識しないようにしないと。

私は仕事に生きるわ。

心を落ち着かせてから秘書室に戻り、デスクの周りを整理してすぐに帰れるよう準備をする。

すると、帰り支度を終えた美希ちゃんが心配そうに聞いてきた。

「柚月先輩、帰れそうですか？」

「今、前園が入ったから大丈夫。社長の次の予定もあるしね」

私の返答に美希ちゃんはホッとした顔をする。

「秘書室の戸締りは僕がやるんで、社長送り出したら藤宮さん帰っていいですよ。常務の打ち合わせ、多分延びますから」

書類になにか書き込んでいた片桐君が、持っていたペンをクルクル回しながら優しく微笑んだ。

他の秘書の子達は帰ったし、彼は空気を読んで私を気遣ってくれたのだろう。

気が利くし、将来優秀な社長秘書になるだろうな。

「片桐君、ありがと」

にこやかに礼を言うと、美希ちゃんが目を細めて彼を見据えた。

「片桐君、あんた柚月先輩の前だと忠犬になるわよね。今度から呼び名は〝ポチ〟にしようかな」

美希ちゃんの皮肉に片桐君は冷ややかに応酬。

「立花さん、ドSって言われません？」

うわあ、ふたりの間に火花が散ってる。

「全然。いい？　柚月先輩の一番弟子は私だからね」

「今藤宮さんの一番弟子は僕だと思いますけど」

一体ふたりでなにを競っているのか。頭痛がしてきた。

やれやれ……と額に手を当てたら、秘書室のドアが開いて前園がスッと顔を出す。

「藤宮、終わった」

「ん？　……ああ、了解」

もう十分経ったのか？

壁時計に目をやれば、五時十分過ぎ。

美希ちゃんと片桐君を放置して秘書室を出ると、前園が「じゃあ、後で」と後ろ手で片手を振って去って行く。

『後で』？

その別れの挨拶に少し引っかかりを覚えたが、そのまま社長室に向かう。明日の予定を確認後に社長を送り出すと、美希ちゃんと会社を出た。

「で、今日はどこ行くの？」

行き先を確認したら、美希ちゃんはニコニコ顔で答える。

「『オメガデパート』の中にある高級フレンチです。ワインもいいのあるみたいですよ」

そんな高級店、予算一万円以上じゃないと無理じゃない？

「高そうだけど、大丈夫？」

私の問いに彼女は自信満々に返す。

「はい、そこは抜かりないですよ。女の子は千円ポッキリですから」

千円とは安い。

「映画みたいにレディースデーってやつ？」

安さに驚いて聞けば、美希ちゃんは言葉を濁し、私の腕を掴んで歩き出した。

「そういうのとは違いますけど。まあいいじゃないですか。美味しいもの食べて楽しみましょう！」

徒歩で店まで行き、店員に案内されて奥にある個室に向かうと、長テーブルを挟んで手前に男性陣、窓側の席に女性陣が座っている。

しかも、全員見覚えのある顔なんですけど……。

男性陣は右から営業部の牧《まき》君、経営企画部の平田《ひらた》君、情報システム部の渡辺《わたなべ》君に広報部の佐藤《さとう》君。

女性陣は、経理の田中《たなか》さん、人事部の長谷川《はせがわ》さんに総務の鈴木《すずき》さん。

同僚がただ集まったにしては無理がある。

「美希ちゃん、これはどういうことかな？」

スーッと目を細めて追及すると、彼女はあっけらかんとした様子で笑った。

「合コンですよ。柚月先輩！　営業部の牧君に『平田連れてくるから柚月先輩連れて来て』って頼まれちゃって」

……やっぱり合コン。どうりで人数がどうとか片桐君に言ってたわけだ。

美希ちゃんが今ご執心なのは高野の右腕の平田君。クールなメガネ男子で、実家は京都の有名な老舗料亭。

顔色変えずに先輩を売る後輩。

美希ちゃん……恐ろしや。

唖然とする私の背中を押し、彼女はみんなに声をかけた。

「遅れてごめーん」

いつもより声のトーンがひとつ上がっている。

美希ちゃんも必死だな。

少し引いていたら、逃げるタイミングを逃し、一番左端の席に座らされた。向かい側は空席。

合コンなら男女人数一緒のはず。まだ来てないのかな?

そんなことを考えていたら、プライベートでは一番目にしたくない男が現れた。

「待たせて悪い。仕事の電話がかかってきて」

前園??

魅惑的な笑みを浮かべ、こいつは当然のように私の前の席に座る。

ああ……??

さっき別れ際に『じゃあ、後で』って言ってたのは、私が合コンに参加するのを知ってたからか。

女の子達は前園を見て色めき立った。

私の隣にいる鈴木さんに声を潜めて「席替わろうか?」と申し出ても、彼女はブンブンと首を横に振る。

「無理です!　緊張してなにも話せなくなります」

「前園をじゃがいもと思えば大丈夫だよ」

下世話な私はそうアドバイスするが、鈴木さんは頑として首を縦に振らなかった。

「無理なものは無理です！」

前園が好きなら全力で取りに行けばいいのに……って、人のことは言えないか。私だって高野になにもアクションを起こさなかった。

それ以上強くは言えず、前園の存在を気にしないようドリンクのメニューを見る。

シャンパンもワインも名前だけだと全然わからない。大抵こういう店に友達と来る時は一番リーズナブルなのを飲んで終わりだ。

うーん、美希ちゃんはワインがいいのあるって言ってたけど、どれが美味しいんだろう。

たまには高いのも飲んでみたいけど、会費千円じゃあ贅沢言えないか。

じーっと眺めていたら、前園が話しかけてきた。

「ワイン、なにかいいのあった？」

「うーん、正直言ってどれがいいのか全然わかんない」

顎に手を当て唸る。

「俺にも見せて」

前園がメニューを覗き込んだ。

「ワイン、俺が適当に頼んでいいかな？」

前園が周囲のメンバーに確認を取ると、みんな「どうぞ、どうぞ」とお任せムード。食事は店の人が勧めるコースメニューに決め、前園は慣れた様子でワインを頼んで、私に目を向けた。

こういう状況は初めてではない。

同期の四人で食べに行けば、大抵私の目の前に前園が座り、親友の朱莉が私の横で、高野が彼女の向かい側に座る。

「そう言えば、今日のプリンありがと。みんな喜んでたよ」

忘れないうちに礼を言うと、前園は微かに口角を上げ、テーブルの上で手を組んだ。

「それはよかった」

「買うのにどんだけ並んだの？」

「店先で何分待つのか店員に声をかけたら、必要な個数聞かれてすぐに買えた」

それはあんたが美形だから優遇されたのでは？

「それはラッキーだったわね。でも、なんで合コンなんかに来てるの？」

「俺は客寄せパンダ。牧に頼まれてね。どうせお前も付き合いで来てるんだろ？」

「……後輩に売られた」

ちゃっかり平田君の前の席に座った美希ちゃんに恨みがましい視線を向ける。

「それはご愁傷さま。まあ、ここ結構美味しいから食事を楽しめよ」

フッと微笑する前園。

「うん、そうするわ」

慰めの言葉にコクリと頷けば、シャンパンが運ばれて来た。


女の子好みのロゼのシャンパンは、ボトルで確か三万円の値段がついていたやつだ。

この一杯で数千円。

こんな高いシャンパン、飲んでいいの？

じっとグラスを眺めていたら、前園にクスクス笑われた。

「お前、なにそんな神妙な顔してシャンパン見てるんだよ。毒なんか入ってないぞ」

「い、色が綺麗だなって思って見てたの！」

咄嗟《とっさ》にそう言い訳して、グラスに口をつける。

「あっ……喉越しよくて飲みやすい」

周りの女の子達も同じように感じたようで「美味しい」って声が聞こえてくる。

「つくづく前園って女の子を喜ばせる術《すべ》を知ってるよね」

「皮肉に聞こえるのは気のせいかな？」

前園は眉根を寄せ、私を見据えた。

「褒めてるんだよ。ね、鈴木さん？」

前園の言葉を否定して、隣の子に無茶振りする。

すると、彼女は一瞬キョトンとしながらも、前園を見て「はい」と作り笑いをした。

それから、鈴木さんの横にいる長谷川さんも会話に巻き込み、お酒の話に興じる。

前園がそつなくその話題をリードしてからは、私は聞き役に徹した。

若い子が楽しんで気に入った人とくっついてくれればいい。老婆心ってやつだ。

そのうち肉料理と一緒に、赤ワインのボトルが二本運ばれて来て、そのラベルの文字を見た私はギョッとした。

あれは、この店で一番高い十三万のボルドーワインじゃないの！

前園がまずテイスティングをしてソムリエにオーケーを出すと、みんなのグラスにワインが注がれた。

こんな高いワインを飲むのは初めてだ。今まではただ飲んでいたけど、これはちゃんと味わって飲みたい。

さっき前園がグラスを回していたのを見て真似てみる。

「ねえ、この動作ってどういう意味があるの？」

前園に聞くと、冷やかさずににこやかに答えてくれた。

「ワインが空気に触れて風味が変わる」

他にも鈴木さんや長谷川さんが高いワインの見分け方を前園に質問し、すっかりワイン講座に変貌してしまった合コン。

でも、男性陣も熱心にワインの知識を身につけようとしているし、これはこれでいいのかもしれない。

「もう一杯飲みたい」と言ってグラスに注いでもらい、ワインの色を確かめながら味を楽しむと、なんだか自分がワイン通になったような気がした。

「もっと欲しい」

前園にねだったら、「お前飲みすぎじゃないか？」と渋い顔をする。

「ケチ！　そんなこと言うと、前園が高所恐怖症だってこと、みんなにバラしちゃうよ」

悪態をつく私に呆れ顔。

「もう言ってるだろ。酔って気持ち悪くなるぞ」

前園にもっと文句を言ってやろうと思ったら、営業部の牧君が近くに来てニコニコ顔でワインを注いでくれた。

くせっ毛で目が少しタレ目の三枚目キャラ。

前園の話だとお調子者らしいが、いつも元気で周りを明るくしてくれる。

「へえ？　前園さんって高所恐怖症だったんですね。藤宮さん、飲んでもっと前園さんの弱点教えて下さいよ」

「うふふ、牧君いい子だねえ。頭ヨシヨシしてあげる」

ワインを注いでもらってご機嫌になった私は、椅子から立ち上がると牧君の頭を撫でた。

この年になると年下の男の子が可愛く思える。

「牧、そこでデレるな」

前園がギロッとひと睨みしたら、牧君は「はい、すみません」と軍曹に怒られた下士官のように背筋をピンと伸ばして謝った。

その様子がおかしくてみんな爆笑。私もずっと笑いが止まらなかった。

豪華な食事を楽しみ、気付けば夜十時の閉店時間。

なんだか身体がフワフワしている感じがする。調子に乗ってワイン飲みすぎたかな？

ワインは好きだけど、いつも二杯が限度だ。今日はシャンパンを合わせたら四杯飲んだよう……な。

ダメだ。あまりよく思い出せない。

会がお開きになって化粧室に行く時、足元がふらついた。

気をつけて歩かなきゃって頭では思っていても、身体がいうことを聞いてくれない。

化粧室を出ると、前園が壁に寄りかかりながら私を待っていた。

周りに他のメンツがいないということは、もう先に帰ったのだろう。

「お前足元危ないぞ」

怖い顔で注意されたが、ハハッと笑い飛ばした。

「大丈夫、大丈夫。頭はクリアだから」

前園はどこか不審そうに私をじっと見据える。

「じゃあ、また明日！」

手をあげて元気よく別れの挨拶をするが、足がもつれて倒れそうになった。

「あっ！」と叫ぶと、すかさず前園に身体を支えられる。

「どこが大丈夫だ、馬鹿」

その言葉にカチンときて仏頂面で言い返した。

「前園に馬鹿呼ばわりされたくありませ～ん」

「じゃあ酔っ払い、帰るぞ。タクシー呼んである」

厄介者扱いされながら待っていたタクシーに乗り込む。

「私の家までお願いします」

タクシー運転手に勢いよく言ったが、横から溜め息交じりの声で前園が私の住所を告げた。

「すみません。中野《なかの》まで」

なんで私の住所を知っているのか？

そんな疑問を抱いたが、タクシーに乗った途端、睡魔が襲ってきた。

まぶたがだんだん重くなる。

「前園……眠い。着いたら起こして」

あくびをしながら後部座席にもたれかかると、前園の疲れたような声が耳に届いた。

「お前、そんなんだとずっと目が離せないんだけど」

「……うるさい……前園」

怒ろうとするが、もう目を開けられず、身体の力が抜けていく。

すると、温かい手が私の頭を撫でて……それがとても心地よくて……。
そのまま優しい眠りに誘われた。

酔いが醒めた彼女と――健斗ｓｉｄｅ

「前園……眠い。着いたら起こして」

タクシーの後部座席にあくびをしながら寄りかかる藤宮。

この無防備な顔。……お前、俺を男と思っていないだろ？

少しは警戒心を持てと説教したくなる。

だが、酔っ払ったこいつに言っても無駄だろう。

同期の藤宮とはもう七年の付き合いになるが、こんなに酒癖が悪いとは思わなかった。立花さんに彼女の住所を聞いておいてよかった。

多分、俺が藤宮と飲む時はいつも高野がいたし、自分をセーブしていたのかもしれない。

藤宮は、俺の親友で同期の高野に惚れていた。

高野は見目がよく性格も温厚で、仕事ができて、男の俺から見てもいい奴だし、人に好かれる。

将来の道が決まっていた俺が親父に頭を下げて『ＴＡＫＡＮＯ』に入ったのも、学生時代俺よりも人望のあった高野を見習いたかったからだ。

藤宮と一緒にいれば彼女の目が誰を見ているのかは明らかだったが、高野は鈍感なのか気付かなかった。彼は今の奥さん……朱莉さんしか見ていなかった。

それに、朱莉さんが高野を好きなことにも気付いていたから、俺はずっと三人のことは静観していた。

高野は積極的に朱莉さんにアプローチし、やがてふたりは付き合うようになった。

同期四人でいる時、高野と朱莉さんはいつも通り振る舞っていたが、やはり親密さは伝わってくるわけで……。

それで藤宮がどう出るか観察していたのだが、お人好しにも結婚に反対だった高野や朱莉さんの両親を説得し、ふたりの結婚を後押しした。

馬鹿な奴。

最初はそんな冷めた目で見ていたのに、高野達のそばで無理して笑うのを見ているうちに、不器用な恋しかできない藤宮に引かれ、いつの間にか夢中になっていた。

今夜は部下で後輩の牧に合コンに誘われ、『藤宮が参加するなら出てもいい』と条件をつけた。

高野達は結婚したことだし、傷心の彼女をそろそろ落とそうと行動を起こしたのだが、いいワインを飲ませたのが裏目に出てしまったかもしれない。

酔うと絡んで言うことは聞かないし、その気がないのに牧を可愛がるし、ハラハラした。

美人で姐御肌《あねごはだ》でさっぱりした性格の藤宮に憧れている男性社員はかなりいる。秘書課にいる片桐もそうだ。

彼は高校時代、喧嘩早くて、女にも見境がなかったが、藤宮にすっかり飼い慣らされたのか、誰が見ても真面目な好青年になった。

ライバルが増えるのは面白くない。

「お前、そんなんだとずっと目が離せないんだけど」

呆れ顔で言えば、むにゃむにゃと寝言のように藤宮が呟いた。

「……うるさい……前園」

罵られているのに嬉しくなる。

世界中探しても俺にこんな口を利けるのはこいつくらいだ。

特に女は俺に媚びへつらう奴が多い。

昔はそんな女達を冷たくあしらっていたが、社会人になってからは処世術を覚えてにこやかに振る舞うようになった。

不意に身体の力が抜けて俺に寄りかかる藤宮。その身体にそっと触れ、俺の膝を枕にして眠らせた。

あどけない寝顔。

見ているだけで自然と口元が綻《ほころ》び、彼女の頭を優しく撫でる。

今まで女は気晴らしの道具でしかなかった。

学生の頃は同世代の女は面倒で、家庭教師などの年上の女を相手にし、社会人になってからは後腐れのない相手と関係を持った。恋人は作らない。

だが、藤宮に対しては今まで知らなかった感情を抱いた。

もっとそばにいて俺が守ってやりたい。


強そうに見えて、こいつは弱い。なのに必死に強がる姿を見ていると、胸が苦しくなる。

女に関心がなかった俺を、藤宮だけが捕らえた。本人は無自覚だけど……。

結婚を考えるようになったのも、彼女を好きになってからで、こいつなら一生一緒にいたいと思った。

二十分ほど乗っていると、タクシーは薄暗い公園の前を通り、小さな路地に入って停車した。右横に古ぼけた二階建てのアパートがある。

ここが藤宮のアパート？

うちの会社の給料は割といいはずなのに、なんでもっと綺麗なところに住まないのか。

「藤宮、着いたぞ」

彼女の肩を揺すって声をかけると、ムクッと起き上がった。

素早くカードで支払いを済ませ、藤宮の腕を掴んで一緒に降りる。珍しく酔っているし、ちゃんと家に入るのを見届ける必要があった。

寝ぼけまなこの彼女はバッグの中を漁《あさ》って鍵を取り出し、よたよた歩いて一階の右端の部屋に向かう。

アパートの周囲は暗くて、部屋は一階の角部屋。街灯も少ないし、深夜だと人通りもない。

女がひとり暮らしする場所じゃないだろう？　危ないんじゃないか？

そんなことを気にかけながら藤宮が部屋に入るのを見ていると、鍵を開けたとたん靴も脱がずに玄関に突っ伏した。

「おい、藤宮！」

慌てて駆け寄る。

「こら、ここで寝るな」

肩を揺すって起こそうとするが、起き上がらない。

「だって……眠い。前園……ベッドまで運びなさいよ」

この高飛車な口調。思わず溜め息が漏れた。

「はい、はい、女王さま」

玄関の明かりをつけて藤宮のパンプスを脱がし、自分も靴を脱いで玄関を上がると、彼女を抱き上げて中に入る。

部屋の間取りは一K。玄関を入ってすぐにキッチンがあって、奥に六畳ぐらいの部屋がある。

部屋の右奥にベッドが置いてあるのだが、フリルやもふもふのぬいぐるみだらけでビックリした。

もっと機能的でスタイリッシュな部屋を想像していたが、まさかこんな女の子らしい部屋だったとは。

ベッドに彼女を下ろしてジャケットだけ脱がすと、折り畳んで近くの椅子に置いた。

それから布団をかけてやろうとしたら、藤宮は髪を無造作にかき上げながら呟いた。

「前園……水……水飲みたい」

寝ているのか起きているのか。

俺の名前を呼んでいるということは、まだ頭は起きているんだろうな。

「了解」

藤宮のわがままに付き合い、近くにあった冷蔵庫を覗くと水のペットボトルが数本入っていた。

一本取り出して蓋を開け、「藤宮、ほら水」と言って差し出す。

「う……ん、飲ませてくれなきゃ……やだ」

女王さまから駄々《だだ》っ子になる彼女。素面《しらふ》だったら絶対に言わないだろう。

少し楽しくなってきて、水をゴクッと口に含み、屈んで彼女に顔を近づける。そして、その柔らかな唇を捕えると、口移しで飲ませた。

ゴクゴクッと藤宮の喉が鳴る。

「前園……もっと」

せがまれてもう一度口移しで飲ませたら、藤宮は満足したのかバタンと大きく手足を動かして大の字で横になった。

「寝るならちゃんと布団かけろよ」

苦笑いしながら布団をかけてやる。

「じゃあ、俺は帰る。おやすみ」

そう声をかけてアパートを出ようとしたら、彼女がガシッと俺のジャケットを掴んだ。

「藤宮？」

彼女に目を向ければ、半開きの目で俺に言い放つ。

「私……脱ぐと凄いんだから」

なんの自慢だ？

酔っ払いの戯言《ざれごと》。まともに相手をしてはいけない。

「はいはい。お前は凄い。早く寝ろよ」

軽くあしらうが、変なスイッチでも入ったのか、藤宮は突然上体を起こして何故かマジックショーで使う音楽を口ずさみ、ブラウスのボタンを外す。

これはストリップの真似事《まねごと》か？

どこまでやるのか見ていたら、ブラウスやスカート、ストッキングを次々と脱いで、今度はブラのホックに手をかけた。

透き通るような白い肌。それに均整の取れた綺麗な身体。

胸も結構あるし、腰はくびれていて、それを目にしたら男は誰でも欲情するに違いない。

現にこのまま彼女を押し倒して抱いてしまいたい衝動にかられた。

問題はこいつが酔っ払っているということだ。

さすがにこれ以上はマズイと思ってその手を止める。

「凄いのはわかった。もう寝ろ。明日も会社あるんだぞ」

理性を総動員して紳士的に振る舞ったが、突然藤宮はだらんと手を下ろして俯いた。

「なんで止めるのよ。私のこと……女と思ってないんだ。どんな女だって前園は相手にするのにさ。高野にだって恋愛対象に見られてなかったし……私なんか裸になったって女として見てくれないん……だ。グズッ」

普段口にしない愚痴を言って急に泣き出す彼女。

今度は泣くのか。もうこいつに酒を飲ませるのはやめよう。

そう頭の片隅で思いつつ、ベッドの端に腰掛けて藤宮の肩を抱く。

「ちゃんと俺はお前のこと女だって思ってる。だから、安心して眠れ」

優しく宥めたら、いきなり強い力で彼女に押し倒された。

「だったら証明して！」

「俺を煽《あお》るなよ」

注意するが、藤宮はぎこちない手で俺のネクタイを外す。

「女と思ってるなら抱けばいいじゃない！」

怒りながら俺のシャツのボタンも外していく。

酔っていると言えなくもないが、どこか様子が変だ。

「お前、なに自棄《やけ》になってる？　ひょっとして酔いが醒めたのか？」

一瞬、藤宮の手が止まる。

「酔ってるよ。凄く酔ってる」

ムキになって否定する彼女の様子を見て、酔いが醒めたんだと確信した。

「柚月」

下の名前で呼んで、彼女の頭を掴んで引き寄せると、その真っ赤に色づいた唇に口づけた。

最初は唇が重なる程度。それで柚月が抵抗するならやめるつもりでいたが、彼女は抵抗しない。ならば……と、強く抱き寄せてキスを深めれば、彼女はつたないながらも必死で応えた。

身体を反転させてベッドに組み敷く。

「柚月……ちゃんと目開けて」

キスを中断してそう要求すると、彼女はハーッと息を漏らしながら俺を見た。

薄暗い部屋の中、キラリと光るその漆黒の瞳。

「……前園」

キスで腫れ上がった唇が、俺の名を紡ぐ。

「健斗だ。これからお前を抱くのは俺だよ」

高野でも他の誰でもない。

甘く囁いて、彼女のブラのホックを外した。胸が露わになると、急に恥ずかしくなったのか胸を両手で隠そうとする。すかさずその手を掴んでシーツに押し付け、フッと微笑した。

「綺麗なんだから隠すなよ」

「やっぱり……恥ずかしい」

伏し目がちに身じろぎする彼女。

「大丈夫。そのうち気にならなくなる。今まで経験は？」

男がいたという話は聞いたことがない。

あまり男慣れしていないように見受けられるし、柚月の身体のことを知っておきたくて確認すると、彼女は小声で答えた。

「大学の時に付き合ってた先輩と一回だけ。相手には不感症って言われるし、痛かったし……、それですぐに別れた」

初体験は最悪だったのか傷ついた顔をする柚月を見て優しい気持ちになった。

「だったら、上書きしてやるよ」

彼女にチュッとキスをすると、その首筋や胸元に口づけていく。

「前園……髪が当たって……くすぐったい」

柚月が吐息と共に声を漏らす。

「健斗だよ」

もう一度訂正して時間をかけて彼女の身体中にキスの雨を落とした。

自分の欲望を満たすより、柚月の反応を探る方が楽しい。そう思えたのは初めてだ。

奪うよりも与えたくなる。惚れてる女だからなのだろうか？

艶っぽい声を上げる柚月。そんな乱れた姿を見て、もう自分を止められなくなった。

身体が熱い。

彼女とひとつになると、その可愛い口をついばみながら囁いた。

「俺の名前呼んで」

柚月は俺の首に手を絡め、喉の奥から声を絞り出す。

「健……斗」

そんな彼女が愛おしい。

身体だけじゃなく、心も満たされて今まで感じたことのない心地よさに酔いしれる。

ずっと柚月に触れていたい。

もっと彼女を愛したい。

「柚月」

何度もその名を口にして、彼女を求めた。

それからどれくらい身体を重ねていたのだろう。

彼女が疲れ果ててベッドに突っ伏すと、その頭を優しく撫でニヤリとした。

「俺と寝た責任取れよ」

鍵はポストに入れてはいけない

ピピッ、ピピピッ。
いつもと違う目覚まし時計の音におや?と思った。
多分夢だ。身体もダルいし、起きる気になれない。
そのまま寝ていたら、隣にいるなにかがもぞもぞと動いてアラームの音が止まった。
ん? なにかがおかしい。生温かいものが私に触れている。
うちには犬や猫はいない。それに、毛むくじゃらじゃなくてすべすべしている。
じゃあ、ベッドの中にいるのはなに?
サーッと顔から血の気が引いていく。
夢だよね?
怖くて目が開けられない。
ギュッと身体を縮こまらせていたら、その物体から声がした。
「六時半だ。そろそろ起きないとマズイんじゃないか?」
あくびを噛み殺しながら言っているが、その声はよく知っている同期の声。

まさか……。

恐る恐る目を見開いて声の主を確認する。

「ま、ま……」

前園？？？

あまりの衝撃で声が出なかった。心臓が未だかつてないほどバクバクいっている。

彼は私と目が合うと、「おはよう」と甘い声で挨拶してチュッと私の唇にキスを落とした。

状況を理解できず固まる私。

なんで恋人みたいなキス？　いやいや、それよりもどうして前園と同じベッドに寝ているの？

頭の中は「？」だらけ。

ベッドも部屋もどう見ても私のもの。

「悪い夢でも見ているのだろうか？」

自問自答したら、目の前の男は楽しげに目を光らせて私の唇に触れた。

「まだ目が覚めていないなら、もっと熱いキスでもしようか？」

「いい！」

全力で前園の手を振り払って拒絶するも、こいつはニコニコしている。

「昨日あんなに情熱的な夜を過ごしたのに柚月は冷たいなあ」

突っ込みどころ満載の前園の発言に片眉を上げげた。

「誰が情熱的な夜を過ごしたって？」

「俺と柚月」

前園は満面の笑顔で答える。

「あのねえ、あんたと私じゃありえないでしょうが！　それに、馴れ馴れしく下の名前で呼ばないで！」

呆れ顔で注意したら、前園はニヤリとして私の胸元に目を向けた。

「ふーん、じゃあなんで俺達は裸で同じベッドに寝てるのかな？」

「は……だ……か？」

そう言えば、なんか身体がスースーするし、前園の肌と触れ合っている。

彼の視線が気になって自分の着衣を確認すると、下着もなにも身につけていなかった。

「ぎゃあ――‼」

色気のない悲鳴を上げ、布団を胸に当てて隠す。

「な、なんで……は、裸なの？」

激しく動揺して声が震えた。そんな私を面白そうに眺めると、前園は私の身体を抱きしめる。

密着して触れ合う肌。ドクンと大きく高鳴る心臓。

嘘……。この肌の感触、覚えている。

私……前園と寝ちゃったの？？？

身体がだるくて下腹部が痛いのはそのせい？　こいつに襲われた？

ショックで抵抗することもできなかった。

前園は包み込むように私を抱きしめたまま、魅惑的な声で囁く。

「だから、俺達愛し合ったんだよ。忘れたなら思い出させるけど、柚月」

耳元で愛おしげに名前を呼ばれ、瞬時に昨夜の記憶が甦った。

……無理矢理抱かれたんじゃない。前園が帰ろうとした時、私が引き止めて誘ったんだ。

『じゃあ、俺は帰る。おやすみ』って言われて急に酔いが醒めて、ひとりになるのが寂しくなった。

毎日仕事が終われば誰もいないこの部屋に帰るだけの生活。週末はたまに友人と遊ぶことがあっても、夜は大抵ひとり。高野と朱莉が結婚してからますます孤独を感じるようになった。年齢のせいもあるかもしれない。

会社に行けば仕事があるし、ずっと気を張り詰めていたけど、お酒を飲んで気が緩んじゃったのかな。

人の温もりが欲しくて前園を求めた。

こいつなら拒まないって心のどこかで思っていたのかもしれない。

ああ――!?

『脱ぐと凄いんだから』とか『女と思ってるなら抱けばいいじゃない』とか必死になっていろいろ恥ずかしいこと言っちゃった???

それでこいつに抱かれている時は、終始頭がボーッとしてて夢か現《うつつ》かわからない状態で……。

あー、もう、穴があったら入りたい。

前園は全然悪くない。むしろ被害者だろう。私に絡まれて仕方なく抱いたのだから。

でも、前園は凄くテクニシャンで優しかったなあ。まるで本当の恋人みたいに抱いてくれた……って、思い出すな!

「柚月、もう一度愛し合う？」

前園は甘い声で確認してくるが、視線を逸らし、できるだけ冷淡な声で返した。とてもじゃないが正視できない。

「昨日は飲みすぎたみたいだし、なかったことにして」

その方が後腐れなくて、前園も同意すると思った。なのに、彼は私をベッドに組み敷いて謎めいた微笑を浮かべる。

「却下」

「はあ？　なんで？　あんたなら私みたいなアラサー相手にしなくても他に若くて可愛い子がいっぱいいるじゃないの！」

思わず声を上げて抗議するが、前園は優しい目で告げた。

「俺にだって好みがある。俺が選んだ女にケチつけるなよ」

話の流れからすると、私を選んだってこと？

冗談にもほどがある。

「選んだって……なに血迷ったこと言ってんの？　私だよ？」

「お前さあ、もうちょっと自信持てよ。美人で仕事ができて、お人好しで、おまけに俺との身体の相性は抜群。こんないい女、他にはいないよ」

ニヤリとしながら告げる彼の言葉に顔がカーッと熱くなる。

「前園、そんな恥ずかしいこと言わないでよ!」

顔を両手で押さえながら怒るが、こいつは身体がとろけそうなほど甘い声で言った。

「健斗だよ。いい加減覚えろ」

「誰が覚えるか!」

全力で拒否してドンと前園の身体を押しのけると、ベッドを下りてバスルームに逃げ込む。

裸を見られるとか考える余裕もなかった。

「なんでこんなことになっちゃったんだろう?」

血迷ったのは前園じゃない。私だ。

頭を抱えると、肩を上下させながら息を整える。

これがホテルで起きたでき事ならまだ逃げ場があるが、自分のアパートとなるとどこにも行けない。帰る場所がここなのだから。

どうしたら前園から逃げられる?

混乱で今にもショートしそうな頭で考えて、ハッと思い出す。

あっ……今日って平日。そうだ、会社に行けばいいんだ。

十分ほどシャワーを浴びてバスタオルを巻きつけ、鏡に映る自分を見て愕然とした。

身体中に鬱血痕。

なにこれ？ いわゆるキスマークってやつだよね？

普通は愛された印って思うかもしれないが、今の私にはあいつの嫌がらせにしか思えない。

……頭痛い。

「前園、なにしてくれてんの！」

小声で毒づく。

休日じゃないし、このままバスルームに籠っているわけにはいかない。

自己嫌悪に陥りながらバスルームを出ると、スーツを身につけた前園がベッドに腰かけスマホを見ていた。

いつもと違い髪は乱れているし、無精髭があるけど、それはそれでどこか危険な魅力がある。

あっ、前園に気をとられている場合じゃない。早く着替えなきゃ。

クローゼットに行くと、下着と服を取り出し、再びバスルームに戻ろうとした。

だが、不意に彼に声をかけられる。

「柚月って、レースとかフリルが好きなんだな?」

レースと言われて、思わず持っていた下着に目をやった。

誰に見せるわけでもなく、ただ自分の趣味で買ったピンクのレースの下着。

……めざとい。

ギロッと睨めば、前園はニヤニヤ顔で私を見た。

「もう全部見て知ってるんだし、ここで着替えれば?」

「遠慮します!」

叫ぶように言ってバスルームに駆け込むと、絶叫した。

「ああ〜、もう、死にた〜い!」

ハハッとドアの外から前園の笑い声がする。

私……完全に遊ばれてるよ。

もう恥ずかしさを通り越して怒りが込み上げてきた。

「前園の馬鹿! 女ったらし! ……悪魔! 自信家!」

思いつく限りの悪態をつきながら着替えて、さっとメイクをする。

五分ほどで部屋に戻れば、甘い匂いがした。

前園の姿を探すと、何故かキッチンに立っていて、慣れた手つきでフレンチトーストを作っている。

呆気に取られる私を振り返り、彼は「柚月、粉糖ない？」と聞いてきた。

「……ない」

脱力して答えるが、前園は穏やかに微笑む。

「まあ砂糖入ってるし、なくてもいいか。柚月、皿用意して」

言われるまま棚から皿を取り出せば、前園はそこに作り立てのフレンチトーストを載せた。

「飲み物は紅茶でいいか？」

にこやかに尋ねられてコクリと頷くと、紅茶のある場所を指差した。

「紅茶はそこの黒い缶に入ってる」

……なんだろう？　この至れり尽くせりな感じ。サラダまで作ってあるし、執事か？

他の女の子にもこんなサービスをしているのだろうか？

「柚月、テーブルに運んで」

紅茶を淹れている前園が、顎でクイッと皿を示す。

もうすっかりこいつのペースだ。

「はい」

素直に従って皿を運ぶと、前園が紅茶を持ってきた。

カップも見つけたんだ。

ここは一体誰の家なの？と誰かに問いたくなる。

この狭くてフリルだらけの部屋に前園がいるのは凄くミスマッチのはずなのだが、本人はすっかり馴染んでいるし、何故かご機嫌。

「いただきます」と言ってふたりで食べ始める。

フレンチトーストはとても優しい味がした。手際がいいし普段から料理をしているのだろう。

「……美味しい」

自然と口から言葉が出たが、「俺が作ったんだから、当然」と俺様発言をする。

「料理するんだ？」

意外そうに聞けば、前園はフッと微笑した。

「まあね。人に食べさせたのはお前が初めてだよ」

その口説き文句、他の女にも言ってるでしょう？　この女ったらし！

スーッと目を細めて前園を見据える。

それから黙って朝食を食べていたのだが、なにげなく時計に目をやったらもう七時半を回っていて驚いた。

「嘘！　もう行かなきゃ！」

会社の始業時間は九時だけど、今日は社長が八時半から早朝会議なのだ。

食べた食器をシンクに戻し、バッグを持って出ようとした時、まだ前園がいることを思い出して部屋の鍵をバンと乱暴にテーブルの上に置く。

「ここ締めてポストに入れておいて！」

「行ってらっしゃい」

彼ののんびりした声が聞こえたが、返事をする時間もない。

「急がなきゃ」

慌てて家を出て、ダッシュで駅に向かった。

会社まではドア・ツー・ドアで三十分。電車は座れず、立ったままだった。

いつもは平気なのに、昨日前園と寝たせいか今日は辛い。

会社に着くと、心労と疲労でクタクタ。

「まだ朝なのにな」

秘書室にはまだ誰も来ていなかった。

自席のパソコンを立ち上げ、秘書室の奥の給湯室にあるコーヒーメーカーの準備をし、メールをチェックする。

そして、会議室へ行ってプロジェクターを準備し、秘書室に戻ると社長が出社してきた。

「おはようございます」と仕事モードの笑顔で挨拶する。すぐに今日の予定を確認して、社長を会議室に送り出した。

息つく暇もなかったな。

ハーッと息をはいて自分の席に着く。

「ちょっと休憩」

五分休んだらコーヒーを準備しよう。

なにもせずにボーッとただ空を見つめていたら、片桐君がやって来た。

「藤宮さん、おはようございます……って、なに放心してるんですか?」

私を見て驚きの声を上げる彼。

ああ〜、間抜けな顔見られちゃった。

苦笑いしながらも、今の自分の心情を語る。

「ちょっと……人生に疲れちゃって」

「『人生』ですか？　相当お疲れですね」

私の言葉に片桐君は怪訝《けげん》な顔をする。

「うん。なんかもう隠居したい気分」

それで、世捨て人になって、昨夜のことを全部忘れたい。

悩ましげに言えば、彼は明るい笑顔で私を励ました。

「藤宮さん、今度美味しいものでも食べに行きましょう！　美味しいワインを出す店知ってるんです」

その誘いにフリーズする。今の私に『ワイン』は禁句。

「……そ、そうだね。あっ、おじさま方にコーヒーを持って行かなくちゃ」

その場をごまかして席を立つと、給湯室でコーヒーを用意する。会議室にコーヒーを出しに行って秘書室に戻れば、他の秘書の子達も来ていた。

「柚月先輩、昨日は大丈夫でした？」

美希ちゃんがパソコン画面から顔を上げて聞いてくる。

「うん、一応ちゃんと帰ったよ」

全然大丈夫じゃなかったけど。

ニコッと微笑んで答えるが、顔が引きつった。

前園と寝たなんて死んでも言えない。

「昨日の店の会計、全部前園さんが払ってくれたんですよ」

美希ちゃんの言葉に驚いた。

あんな高いワインをたくさん飲んだのに？

「え？　そうなの？」

私が聞き返すと、彼女はにこやかに頷いた。

「太っ腹ですよね」

美希ちゃんのコメントに、私は心の中で突っ込んだ。

あいつの腹筋は割れてるけどね。

あー、もう前園のことは考えるな！

自席に座ると、バッグからシュシュを取り出して素早く髪をひとつにまとめる。

その時、常務室から片桐君が戻ってきて、私の後ろで立ち止まった。

「……藤宮さん、うなじのところ、赤くなってますけど」

指摘され、固まる私。

まさか……キスマーク？

「ん？　なんだろ？　変な虫にでも刺されたかな？」

ぎこちなく返して、さっとシュシュを外した。

片桐君は席に着きながらも、私の方を見ている。その視線が痛かった。

お願い！　それ以上突っ込まないで。

「片桐君、なに柚月先輩に見とれてるの？　仕事しなさいよ」

美希ちゃんが眉間にシワを寄せて注意すると、彼は彼女の言葉は否定せずに「はい」と短く返事をして机の上に溜まった書類の処理を始めた。

そのことにホッと胸を撫で下ろし業務をこなしていったが、お昼休みにフラッと秘書室にやって来た前園がとんでもない爆弾を投下した。

「藤宮、これ鍵」

私の机の上にコトンと置かれた鍵。

会議室や資料室の鍵をやり取りしている感じだが、その鍵には私がこよなく愛する〝クマのマッキー〟のキュートなキーホルダーがついている。

それを見て、目をひんむいた。

これは、うちの……鍵だ。

慌てて鍵を掴んでバッグに入れるが、美希ちゃんと片桐君にしっかりと見られてしまった。背中をスーッと嫌な汗が流れる。

ひどくうろたえながら前園に目を向ければ、こいつは私を見て悪魔な笑みを浮かべた。

「ポストに入れるなんて危険だぞ」

親父との約束――健斗side

いつものようにノックして秘書室に入った俺は、彼女の机の上に鍵を置いた。

それは、今朝柚月が置いていった鍵。

彼女が急いで部屋を後にした十分後、鍵を締めてアパートを出ると、タクシーを呼んで一度自宅に着替えに戻った。今日は客先に直行で時間的にゆとりがあったのだ。

早出で慌てていた柚月には鍵をポストに入れておくよう言われたが、そんな危ない真似はできない。

「藤宮、これ鍵」

机の上の可愛いクマのキーホルダーがついた鍵を見て、目を見開く彼女。だが、すぐに鍵を掴んでバッグにしまう。

目が泳ぐ柚月と目が合い、ニヤリとした。

「ポストに入れるなんて危険だぞ」

その言葉に秘書室にいるみんなが一斉に俺を見た。柚月は絶句しているし、他の秘書達はポカンとした顔をしている。

だが、片桐はすぐに俺のほのめかしを理解して、不機嫌そうに目を細めた。

片桐に向かって挑戦的な笑みを浮かべて秘書室を出ると、「キャア～‼」と黄色い悲鳴に似た声が聞こえた。

多分、俺と柚月のことで秘書のみんなが大騒ぎしているのだろう。

営業部にそのまま戻ろうとしたら、柚月が追ってきて俺の腕を掴んだ。

「ちょっと来て！」

彼女は使用されていない応接室に俺を連れ込む。

「こんなところに連れて来て、そんなに俺が欲しかった？」

クスッと笑って軽口を叩けば、柚月は「違う！」と声を荒らげた。

「なんでみんないるところで鍵渡したのよ！」

凄い剣幕で彼女は俺を責め立てるが、謝らずに軽い調子で答える。

「言ったろ？　ポストに入れておくのは危ないからだ」

「そういうことじゃなくて……ああ……もう！」

彼女は髪をかきむしりながら歯ぎしりした。

「お前さあ、今のアパート引っ越せよ」

ちょうどいいタイミングだと思い、話をすり替える。

彼女のアパートの鍵はすぐにピッキングされそうだし、チェーンもついていなかった。

しかも、部屋は一階で周囲の環境はお世辞にもいいとは言えない。

防犯上、あそこにずっと住まわせておくのは危険だ。大事な人だけに放ってはおけない。

だが、柚月は片眉を上げて拒否した。

「はあ？　なんでよ？　大学の時からあそこに住んでて気に入ってるの。大家のおばあちゃんがたまにお菓子持って来てくれるし、引っ越しなんてしないわよ」

大家と仲がいいのはいいが、もっと自分の安全を考えろよ。

「柚月は帰りが遅くなることが結構あるだろう？　夜は周辺も暗いし、誰かに襲われたらどうするんだ？」

危険を認識させようとしたが、彼女はまったく気にしない。

「今まで襲われたことないし、そもそも私を襲う物好きなんていないわよ」

自信を持って断言する彼女を見て目眩がした。

「お前……もっと自分は女だって自覚しろよ」

額に手を当てて頼むが、柚月はキョトンとした顔で首を傾げる。

「ん？　女と思ってるわよ」

ダメだ。この無自覚女。全然わかっていない。

柚月が動かないなら、俺がなんとかするしかないな。これ以上言っても反発するだけだろう。

ハーッと溜め息をつけば、柚月は少し落ち着いたのか話を元に戻した。

「いい？　私のアパートはなにも問題ないわ。問題なのは前園の言動よ！」

ビシッと俺を指差して食ってかかる。

「みんなの前で私の家の鍵を返したら、怪しまれるでしょう？　なんて言い訳すればいいのよ！」

「俺と付き合ってるって言えばいいだろう？」

俺がそう提案すると、柚月は仏頂面で返した。

「付き合ってなんかいない」

「じゃあ、昨夜のことはどう説明をつける？　〝一夜の過ち〟なんて言うなよ」

「それは……」

この手の話題は苦手なのか、彼女は言葉に詰まる。男慣れしてれば、こんな困った顔はしない。

本人も経験したのはひとりだって言ってたしな。

「お前がどう言おうと、俺はお前を離すつもりはないから」

「それは新しい嫌がらせ？」

柚月は腕を組んで俺をじっとりと見る。

「愛の告白」

甘く微笑めば、柚月は俺から視線を逸らし、溜め息交じりの声で言った。

「冗談にしか聞こえない」

「だったら納得させてやるよ」

うっすらと口角を上げると、柚月の頭をガシッと掴んで、彼女の唇を奪う。

最初は俺の胸を叩いて抵抗していたが、次第に柚月は「うう……ん」とくぐもった声を上げた。

トロンとする彼女の身体を支え、今度は優しく口づける。今好きだと囁いても柚月は信じないだろう。

俺を好きになれ。

彼女に暗示をかけるように心の中で念じる。

いつのまにか自分がキスに夢中になってしまい、やめられずにいると、ガチャッとドアが開いた。

ハッと我に返る俺と柚月。

「あっ……」

応接室の中に入ってきた高野が、抱き合っていた俺達を見て気まずそうに声を上げる。

俺と柚月はパッと離れた。

「わ、私行かなきゃ！」

彼女はあたふたしながら応接室を出て行く。バタンとドアが閉まると、高野がポリポリと頭をかいて謝った。

「ごめん。邪魔しちゃったな。十三時から来客予定でさ、プロジェクターの用意しようと早めに来たんだけど……」

「謝るなよ。高野が来てくれて助かった」

でなければきっとキスだけじゃ終わらなかったかもしれない。

ニコッと笑って言えば、高野も少しホッとしたような顔で俺を見てクスッと笑みをこぼした。

「前園、口紅ついてるぞ」

「……ああ」

小さく頷いて手でサッと口元を拭う。

「やっぱりお前と藤宮、付き合ってたんだ？　俺の結婚式の時から怪しいとは思っていたんだよな」

高野はプロジェクターを準備しながらニヤリとする。

「まだ付き合ってはいない。俺が口説いてるところだ」

高野の発言を否定して微笑すると、こいつは当然のように言った。

「じゃあ、いずれ付き合うだろ？　お前が口説いて落ちない女はいないさ」

「藤宮は手強いよ」

柚月の顔を思い浮かべて反論すれば、高野は急に真剣な表情で俺を見た。

「だからお前が夢中になるんだろ？　俺と奥さんの大事な親友だ。泣かすなよ」

お前に言われたくない……そう言い返したくなったが、「わかってる」と静かに返事をして応接室を後にした。

営業部に戻ると、俺の島にはふたりしかいなかった。営業部の人間は、大抵自分が担当する病院に行っている。うちの商品の売り込みや納品した装置や器具の使用説明のための。

スタッフのように一日中病院にいることも珍しくない。

この仕事は病院の医師やスタッフと親しくなって信頼と情報を得ることが必要なのだ。

午後から一緒に埼玉《さいたま》の病院に行くことになっている牧が俺に気付いて声をかけた。

「前園さん、なかなか戻らないから携帯にかけようかと思ってたんですよ」

「ああ、悪い」

謝りながら自席に戻り、自社のカタログと見積書をカバンに入れる。

すると、牧の下についている白石《しらいし》さんが「前園さん、今日は私も埼玉ですか？」と聞いてきた。

うちの部の紅一点である彼女は、女性ならではの視点で気が利いて、客先からの評判も上々だ。

リクルートの学生のように髪を後ろでひとつにまとめていて、真面目で努力家。

「いや。白石さんは、来週の展示会の最終確認を頼む」

ニコッと微笑んでそう指示を出すと、彼女はピンと背筋を正した。

「はい」

これで敬礼したら軍人みたいだな。

「あと俺と牧は今日直帰するから、なにかあれば携帯に」

手短に伝えて牧と地下の駐車場に向かい、会社のロゴマークが印字されている車に乗り込む。

牧が運転席で、俺が助手席。

カーナビをいじっていたら、牧がハンドルに手を置きいつもの調子で喋り出した。

「つくづく前園さんてモテますよね。白石もきっと前園さん狙いですよ。俺の前では普通なのに、前園さんの前だと緊張しちゃって」

確かにそう感じることはある。だが、そんな話をすべきじゃない。

俺がいなくなったらこいつが課長に昇進する予定だし、噂話に興じてもらっては困る。

「牧、同僚をゴシップのネタにするなよ」

やんわりと注意すると、牧は苦笑いしながら謝った。

「すみません。でも、気になるんですよね。前園さんが狙ってるのは秘書課の藤宮さんだし、白石が知ったらショックだろうなって」

「まーきー」

言って聞かないのでひと睨みすると、こいつはペコッと頭を下げて言い訳した。

「あー、すみません。白石と一緒にいる俺としては彼女のことが心配というか」

ふーん、それって……。

「つまり、お前は白石さんが好きなわけだ」

フッと笑ってそう指摘したら、牧はポカンとした顔をする。

「え？」

……無自覚か。

その反応に苦笑した。

「お前、他人のことはよく気付くのに、自分のこととなると鈍いのな」

「俺が白石を？　そうなんですかね？」

自信なさそうな声で聞き返す牧。

「白石さんを見て心がウキウキするならそうなんじゃないか？」

この話題に飽きてきて適当に答える俺を、牧は調子に乗ってからかってきた。

「じゃあ、前園さんは藤宮さんを見てウキウキするんですね？」

「その確認はいらない」

間髪入れず冷淡に返すが、さらに詮索してくる。

「そんな冷たく言わないで下さいよ。昨夜は藤宮さんとどうなったんですか？　送っていったんでしょう？」

「野暮な質問はするな」

ギロリと睨むと、牧はゴクリと息を呑んだ。

「はい。すみません。あっ、そう言えば……」

「今度はなんだ？」

「秘書課の立花さんが言ってたんですけど、藤宮さん、実家から見合いを勧められてるみたいです」

見合い、ねえ。

年頃の娘がまだ結婚しないから親も気を揉んでいるのだろう。俺も最近親からよく勧められる。

「へえ、それは初耳。お前もたまには役に立つな」

「たまには、は余計ですよ」

明るく笑う牧に、カーナビをセットし終えた俺はチラリと腕時計を見て告げた。

「ほら五分経った。もう行かないと他社に出し抜かれるぞ」

「あっ、はい」

牧は慌てて車を発進させる。

「今日は院長と医学部長に紹介するから、気を引きしめろよ」

バンと牧の肩を叩いて発破をかけた。

「はい。それにしても、前園さんが十二月でうちを辞めるって知ったらみんなビックリするでしょうね」

少し沈んだ表情で呟く牧。

親父との約束でうちの会社にいるのは俺が三十になるまでと決められていた。親父の跡を継ぐためだ。

俺が辞めることを知っているのは、会社の役員、営業部の部長、高野と牧のごく少数。

藤宮もこのことは知らない。

「一カ月も経てばみんな俺がいたことも忘れるさ」

笑って返せば、牧は全力で否定した。

「いや、俺達そんな薄情な人間じゃないですよ」

見合いをすることにした理由

「あー、づかれたー」

仕事を終えてアパートに帰ると、ボンッとベッドにダイブする。

少し休んだら、コンビニ弁当を食べてシャワーを浴びて寝よう。

今日は最悪の日だった。

前園と寝るわ、秘書のみんなにそれがバレるようなことを前園に言われるわ、前園とのキスを高野に見られるわ……。

そう、全て前園絡み。そりゃあ、昨日の夜前園に抱いてもらうよう頼んだ私が悪いよ。

でも、こんなにいろいろ立て続けに起きると、もうパニックでなにもできない。高野にキスを見られた時は、すぐに逃げた。

その後、秘書課のみんなに前園とのことを聞かれた時だって、『家の鍵を落としちゃって』と苦しい言い訳をしたのだ。

『じゃあポストに鍵を入れると危ないとか前園さんが言っていたのは？』とすかさず

片桐君に突っ込まれたけど、ちょうど社長から呼び出しがあって助かった。

その後だって、美希ちゃんがニヤニヤして私を見ていて……。

彼女は昨夜私が泥酔して前園に送られたのを知っていて、なにかあったと勘繰っているはず。

それに、仕事中も前園に抱かれた時のことやキスされた時のことを何度も思い出してしまって、ハラハラ、ドキドキしっぱなし。

たとえ寂しかったとしてもどうして昨夜は前園を引き止めてしまったのか。

今日のキスだって結局最後まで抵抗できなかった。

身体がカーッと熱くなって、どこか夢見心地になって……。

あれはあいつのテクニックにやられたんだと思いたい。気持ちがこもっていたように感じたのはきっと私の気のせいだ。百戦錬磨のあいつとは経験値が違う。

ああ～、明日出勤するのも憂鬱。

もう前園とどんな顔して会えばいいのかわからない。

今日だけで寿命が十年縮んだんじゃないかっていうくらい精神的にかなり消耗した。

「私……なにやってんだろう」

昨夜のことを後悔せずにはいられない。

この年だからいろいろ焦ってるのかなあ。

そんなことを考えていたら、棚の上の電話が鳴った。この着信音は福井《ふくい》の実家だ。

仕方なくベッドから起き上がり、受話器を取ると、母のカン高い声がした。

《柚月、さっき携帯の方にかけたのよ。メール見た？》

「メール？」

首を傾げながらバッグの中をあさってスマホを取り出す。

画面の表示を見ると、確かに母から着信一件とメールが一通来ていた。

素早くメールを開けば、そこには三十代の精悍な顔をした男性の写真とともに、プロフィールが記されている。

「このメールなに？」

眉をひそめて聞くと、母は明るい声で答えた。

《ハンサムでしょう？　あんたのお見合いよ》

「また？」

不満の声を上げるが、母は構わず続ける。

《こないだ偶然お母さんの高校時代の友達に会ってね。子供の話になったのよ》

「はい、はい、それで」

適当に母の話を聞き流すことに決めて、先を促した。

《柚月が東京《とうきょう》の会社で働いているって言ったら、友達の息子さんも東京の大学病院に勤務しているらしくって、それでお互い独身だし会わせてみようってことになったの》

本人がいないところで勝手に決めて……。

「あのねえ、まずは私に相談してからにしてよね」

溜め息をついて文句を言うが、母は呑気に笑いながら頭が痛くなるような発言をした。

《でも、八月の最初の日曜日に東京のホテルで会う約束しちゃったぁ》

なにが約束しちゃったぁ……だ！

能天気な母に怒りを覚える。

「八月の最初の日曜日ってもう十日しかないじゃない。無理。心の準備ができていない」

顔をしかめて突っぱねるが、母はわざとらしく溜め息をついた。

《あんたって意外と臆病よねえ。親は同席しないし、当人同士だけだから、気負わなくていいわよ》

「余計緊張する。断って！」

《柚月も来年三十よ。こんないいお話滅多にないわ。会うだけでもいいから会って来なさい。いいわね》

念を押すと母は一方的に電話をブチッと切った。

「ちょっ……お母さん！」

受話器に向かって叫ぶが、返答があるはずもなく、そのまま力なく受話器を元に戻した。かけ直す気力も今の私には残っていない。

見合い……かあ。

ベッドに仰向けになり、母が送ってきたメールをもう一度見る。

相手の男性の名前は、渡辺翔一《わたなべしょういち》。三十三歳で小児科医。都内の大学病院勤務。

母の言うように顔は整っている。

「優良物件だよね」

でも、前園とあんなことがあって、頭がすぐに切り替えられない。

ああ～、もうどうしよう！

断るなら、すぐに母に電話して仕事があるからとか言い訳すればいいのに、行動に移せない。

この見合いを受けたら前園のことなんか考えなくて済む。あいつから逃げられるって思う自分がいる。

……逃げるなんて卑怯な真似、嫌なのにな。

「ああ、もうお弁当食べよ！」

お弁当をレンジでチンしようとなにげなくキッチン周りを見たら、朝使った食器が綺麗に置かれていた。

「前園、洗ってくれたんだ」

あいつ……、見た目と違ってマメだよね。

イメージと違って料理も上手だし。

レンジからお弁当を取り出し、「いただきます」をして食べ始める。けど、なんだか味気ない。疲れているのに、食欲が湧かなかった。

ひとりだから……かな。

今朝は前園と一緒に食べたから余計にそう思うのかもしれない。

結局、半分くらい残して片付けると、シャワーを浴びた。

それからピンクのシャツと黒のホットパンツの部屋着に着替えてベッドに入るが、照明を暗くしてもなかなか寝付けない。

結局、前園のことを考えてしまう。

あいつにいろいろと弱い自分を見せてしまった。

それが悔しい。

昨夜のことは私の人生最大の失態だった。

前園にとってみれば、私とのことはただの日常の一コマにしか過ぎないだろう。私に気のあるような発言をしていたけど、からかって楽しんでいるんだ、きっと。

もう考えるな。

普段通りの態度でいれば前園だって面白くないって思って、また違う女のところに行くはず。今日だって別の女性と楽しんでいるかもしれない。

私が前園を気にしなければいいのだ。そうすれば、またいつもの生活に戻る。

自分を納得させて無理やり目を閉じた。

そうこうしているうちに、いつの間にか寝てしまったらしい。

次に目を開けた時、カーテンの隙間から太陽の光が差し込んでいた。

今日は少し時間に余裕があって八時半に出勤したら、もう美希ちゃんが来ていた。

「おはよう」

挨拶すると、彼女が笑顔で返す。

「柚月先輩、おはようございます。今紅茶淹れようとしたところで、先輩はコーヒーと紅茶どっちがいいですか？」

気を利かせる美希ちゃんに少し考えて答える。

「うーん、紅茶かな」

自席に座ってパソコンを立ち上げ、メールのヘッダーをさらっとチェックする。

急な予定変更の知らせはなさそう。

「はい、どうぞ、柚月先輩」

美希ちゃんが私専用のマグカップを机に置く。

「ありがと」と礼を言うが、彼女は席に戻らない。

美希ちゃんは私にニコッと歯を見せて意味ありげに笑った。

「柚月先輩、前園さんとなにかありましたよね？」

彼女は漫画に出てくる名探偵のように私を見据え、追及してくる。

諦めてなかったか。

「あの……その……美希ちゃん……」

動揺してしどろもどろになる私。

美希ちゃん対策を考えてはみたけど、彼女はいろいろ知りすぎていて無駄だと思った。

「先輩、早く認めて楽になりましょうよ」

彼女が私の肩をポンと叩いて怖い顔で迫る。私は目を泳がせながら小声で言った。

「美希ちゃん……なにも……ないよ」

嘘をつくのは心苦しい。彼女も私の返答が嘘だとわかっているのだろう。

微妙な空気が私達の間に流れた。

数十秒の間を置いて、美希ちゃんが私の腕をガシッと掴んだ。

「私……そんなに信用できませんか？」

目を潤ませながら彼女が傷ついた顔をする。

そんな顔しないで。先輩に嘘をつかれるのは悲しいよね。

ああ……もう言うしかないか。

「誰にも言わないでね。私……前園と寝ちゃった」

観念して白状すると、彼女はころっと表情を変え、目をキラキラと輝かせた。

「やっぱり」

さっきの傷ついた顔は演技だったのか。

「……人の不幸を楽しまないでよ」

ガクッと肩を落として恨み言を言えば、美希ちゃんは力一杯私の肩を叩いた。

「なにが不幸ですか！　あんな極上のイケメン捕まえて」

「うっ、痛いよ、美希ちゃん。事故みたいなものなの。前園だって本気には思っていないよ」

「それは、柚月先輩の見解ですよね。前園さんは本気だと思いますよ。だって牧君から聞いたんですけど、先輩を合コンに連れて来るように命じた張本人が前園さんですから」

……それは初耳だ。でも前園のことだから、きっと私を女避けに使ったに違いない。

「ただの気まぐれよ。もうお願いだから前園のことは口にしないで。私……今度お見合いすることにしたから」

昨日はあまり乗り気ではなかったが、今決めた。

もうお見合いして前園のことなんか忘れちゃおう。

「え？」

私の決意に美希ちゃんは目を丸くするが、勢いに任せて私は続けた。

「相手の人は、都内の大学病院に勤務している三十代の小児科医で結構イケメンなの。

医療関係者なら話合いそうだし、うちの製品だって買ってもらえるかもしれないでしょう？」

「……先輩、それお見合いじゃなくて営業ですよ」

彼女の指摘に思わず「確かに」と頷きそうになった。

黙り込む私の顔を美希ちゃんはじっと覗き込む。

「なんで前園さんから逃げようとするんですか？」

そう。私はあいつから逃げている。前園が私の弱みをたくさん握っているから。

今まで私達は同期という対等な関係だった。

でも……今はもう対等じゃない。

自分の本音をさらけ出すのが嫌で逆に質問する。

「どうしてそんなに前園とくっつけたがるの？」

「私は柚月先輩と前園さんの大ファンなんです！」

満面の笑みを浮かべる美希ちゃんのその回答に、拍子抜けした。

「それだけの理由？」

「いいえ、他にもありますけど。ふたりを観察していると、いろいろ見えてくるんですよ」

彼女は意味深な言葉を投げる。

「いろいろ見えてくるって……なにが？」

彼女を問い質そうとしたら、秘書室のドアが開いて片桐君が入ってきた。

「おはようございます。おや、お姉様方、なんの秘密会議をしているんですか？」

私と美希ちゃんを見て彼がにこやかに笑う。

「最近、片桐君が生意気だって柚月先輩に相談していたのよ」

頭の回転が速い美希ちゃんはとっさに言い繕う。

「なに言ってるんですか？　僕を毎日顎で使っているくせに」

呆れ顔で自分の席に着く片桐君を見て美希ちゃんは私に視線を戻した。

「ごまかせましたね」という目で笑っている。

その後は通常通り仕事をしていたが、お昼前に朱莉からラインが入った。

【今日外でランチしない？　新宿にいるの】

今日は社長が朝から横浜《よこはま》に行っていて午後三時に戻る予定だ。私がお昼外に出ても問題はない。

【いいよ。朱莉の好きなもの食べに行こう】

そう返事をして、秘書室のみんなに声をかけた。

「今日のお昼、私ちょっと抜ける」

正午になり、朱莉がラインで教えてくれたイタリアンのお店に行く。店に入ると、窓際の席にいた朱莉が私に向かって手を振った。

彼女に会うのは結婚式以来。

「あーかーりー、急に連絡くれるからびっくりしたよ」

笑顔で両手を伸ばして朱莉の手を掴むと、彼女もはしゃいだ。

「急で無理かなあとも思ったんだけど、会えて嬉しいよ、柚月！」

久々の再会を喜んだ後、席に座ってこの店で人気のランチメニューを頼んだ。

「仕事の方はどう？」

朱莉がニコニコ顔で聞いてくる。

「うーん、忙しいのは相変わらずかな」

顎に指を当てながら答えると、彼女は今度はキラリと目を光らせた。

「じゃあ、プライベートは？」

その質問にギクッとなる。

前園とはとんでもないことがあったけど、告白する気にはなれなかった。

自分でもどうしてああなったのか、今でもパニック状態で、いろいろ聞かれても返答に困る。

「……なにもないよ」

店員が運んできたグラスを見つめながら返した。チクッと胸が痛む。

「柚月はさあ、昔から全然恋バナしてくれないよね？」

彼女は少しガッカリした声で言った。

「それは朱莉みたいな胸キュンな話がないからだよ」

そう言い訳したら、彼女は拗ねた。

「私って……柚月に信用されてない？」

これはデジャヴ？

朝、美希ちゃんにも同じようなこと言われたよね？

「信用してるよ。本当に朱莉に報告できるような嬉しい話がないだけ」

笑顔を作って言い訳するが、彼女は信じない。目を細めて私に迫った。

「真司さんは面白いこと言ってたけどな。さあ、白状しなさい」

……高野のお喋り。きっと私が前園とキスしていたことを朱莉に話したに違いない。

心の中で毒づくと、白状することにした。

「前園とちょっとね」

言葉を濁す私に、朱莉はなおも追及してくる。

「ちょっとねって、なに？　付き合ってるんじゃないの？」

「そういうんじゃない。私と前園じゃ付き合うなんてあり得ないし、私……お見合いしようと思ってるから」

前園とのことを打ち消すために、お見合いの話を持ち出す。すると、朱莉は驚きを露わにした。

「前園君はお見合いのこと知ってるの？」

みんな『前園、前園』ってうるさいよ。

「知るわけないよ。言ってないし、言う義理もない！」

少しムッとしながら言えば、ちょうどいいタイミングでパスタとサラダが運ばれてきた。

「もう、この話はおしまい。せっかくのランチを楽しもうよ」

強引に話題を変えると、朱莉も私の機嫌が悪くなったのを察してもう前園の話題には触れなくなった。

「このモッツァレラチーズ美味しいね」

朱莉が笑顔で話しかけてくる。

「そうだね」

私も疲れていたのか、大人気なく怒っちゃったな。

反省しながら相槌を打つと、彼女は「実は今日ランチに呼んだのはね」と言葉を切り、私の方に身を寄せた。

「赤ちゃんができたの」

彼女の告白に一瞬言葉が出なかった。

朱莉がママになるんだ。

感無量で目頭が熱くなる。

「おめでとう!」

うっすら涙を浮かべて祝福すれば、彼女は「ありがとう」とハニカミながら笑う。

「後で真司さんが来るよ。私がひとりで新宿に来たってメールしたら心配しちゃって。病気じゃないのにね」

「愛されてる証拠だよ」

優しく微笑みながらパスタを口に運ぶ。

それから朱莉の妊娠の話題で盛り上がってデザートを食べ終えると、高野が姿を現した。

「時間が足りなそうだな。今度はうちに来てじっくり話したら？」

私と朱莉を見て穏やかに笑う彼。

「私が朱莉を独占して高野がやきもちをやかないならね」

いたずらっぽく言えば、「俺はそんな心の狭い人間じゃないよ」と高野は否定し、店員を呼んで会計を済ませる。

自分の分を出そうとしたら、「いいよ。奥さんの気晴らしに付き合ってくれたんだから」と優しく断られた。

「それはご馳走さま。あと、朱莉に聞いたよ。おめでとう！」

赤ちゃんのことに触れれば、高野は破顔した。

「ありがとう。今から楽しみなんだ」

このデレデレ具合。子供が生まれたら溺愛しそう。

そんな彼を見ていたら、もう以前のような苦しさは感じなくなった。

心からふたりを祝福できる。

「あっ、私そろそろ行かなきゃ！」

腕時計をチラリと見ると、十二時四十五分を回っている。

短い時間だったけど、朱莉に会えてよかった。

「じゃあ、またね！」

そう言って笑顔で手を振ると、ふたりと別れて会社に戻る。

エレベーターを待ちながら早速出産祝いの品物をスマホで調べ始めた。

おむつケーキにスタイ、シューズ、絵本、ぬいぐるみ……と、いろいろある。

プレゼントするならベビー服が無難かなあ？

このオーガニックコットンのベビー服、可愛い～！　まだ気が早いけど見てるだけでも楽しいな。

「ひょっとして俺達の赤ちゃんの服見てる？」

不意に耳元で前園の声がして、危うくスマホを落としそうになった。

「もう、急に耳元で声かけないでよ。心臓に悪い」

ようやく来たエレベーターに乗りながら小声で前園に噛みつく。

こいつがいるだけでドキドキしてしまう。

他にもエレベーターを待っていた社員は数人いたが、前園と私を見て何故か一緒に乗るのを遠慮した。

「友達の出産祝いになにを贈るか考えてたの」

変に勘繰られるのが嫌で説明したら、前園は顎に手を当てながら言った。

「ふーん、友達ねえ。高野がおめでたい話してたから、朱莉さんだろ?」

こいつ朱莉の妊娠の話、聞いてたんだ。

「知ってるならからかうようなこと言わないで。周りの人だって誤解するでしょ!」

さっき他の社員がエレベーターに乗らなかったのは、きっと私と前園が痴話喧嘩でもしていると思ったに違いない。

キッと睨みつけたら、前園は楽しげに笑った。

「俺は誤解されてもいいけど」

「あんたの冗談に付き合ってる暇はありません」

冷ややかに睨みつけて、はっきりと言い放つ。

こいつにこれ以上からかわれないためにも、私はお見合いするのよ! そして、とっとと結婚して前園に結婚指輪を見せつけてやる!

見てなさい!

ただただ前園を見返してやるために意気込む私。

エレベーターが秘書室のあるフロアに着くと、前園を振り返らずにカツカツとヒールを鳴らして秘書室に戻った。

見合いは営業？

「へえ、藤宮さんも国広《くにひろ》小学校だったんですか。奇遇ですね」

目の前の男性は頬を緩めると、コーヒーを口に運んだ。

今日は八月五日、日曜日。時刻は午後四時五分。

私は今、赤坂《あかさか》の有名ホテルのラウンジでお見合い相手と会っている。

初めてのお見合いでめちゃくちゃ緊張していたけど、渡辺さん……渡辺翔一さんはとても好感の持てる男性だった。

イケメンだし、高学歴で医者なのに恋人がいないのが不思議なくらいだ。

それに、雰囲気がなんだか高野に似ていて話しやすい。

会って三十分で終わると思っていたお見合いだけど、同郷ということもあり、地元ネタで盛り上がった。

「学年は違いましたけど、廊下とかですれ違ってたかもしれませんね。卒業式にみんなで一斉に空に風船飛ばすの、渡辺さんの時もありました？」

「ありましたよ。友達が校庭に出た時、誤って風船割ってたなあ」

渡辺さんは懐かしそうに目を細める。

「私が卒業する時も割っちゃった子いましたよ。今も風船飛ばしてるのかなあ。変わってないといいな」

クスッと笑みをこぼすと、渡辺さんも「そうですね」とにこやかに相槌を打った。

「最近、テレビ番組で田舎が映るとついつい見ちゃうんですよね。田舎が嫌で東京に出てきたのに」

こないだも週末アパートでダラダラしていたら、テレビに私の地元が映っていて最後まで観てしまった。

「ああ、わかります。たまに実家に帰るとホッとするし」

私の目を見て渡辺さんは頷く。

「今年のお盆は帰省されるんですか？」

当たり障りのない話題を口にするが、彼は私の質問に苦笑いした。

「あいにく仕事が入っていて」

「お医者様ってやはり忙しいんですね」

当直とかあるし、まとまった休みはあまり取れないのかもしれない。

「僕なんかは医者っていってもまだまだぺーぺーですからね。みんなが休む時期は仕事をしています」

「大変ですね」

「藤宮さんはお盆はどうされるんですか？」

今度は渡辺さんが私の予定を聞いてくる。

うちの会社の場合、夏休みはお盆の時期とは限らない。

いつもは夏休みを七月の後半に取って朱莉と旅行に行っていたけど、今年は社長の予定に合わせてお盆に取った。

「多分帰省すると思います。でもいつも二日くらいですぐに東京に戻るんですよ。あまり長居すると厄介者扱いされるんで」

ハハッと笑えば、「僕も同じですよ」と渡辺さんは優しく微笑む。

年上だからだろうか。落ち着いていて、大人な感じ。

話をしていても心穏やかでいられる。同期の誰かさんとは大違い。

「藤宮さんは医療機器メーカーの『TAKANO』にお勤めなんですよね？　研究職ですか？」

渡辺さんに話しかけられ、ハッと我に返る。

「い、いいえ、秘書をしてまして」

「人気の職種じゃないですか。凄いですね」

「お医者様に比べたら全然ですよ。あっ、うちのカタログをお持ちしたんですけど、よかったらご覧になりますか？」

バッグから白い封筒を出し、カタログを渡辺さんに見せる。

「うちの大学病院の電子カルテとか『ＴＡＫＡＮＯ』の製品なんですよ。使いやすくて便利ですね」

「ありがとうございます。カタログに載っている製品の説明とかできればいいんですけど、あまり詳しくなくて……。営業も連れて来ればよかったな」

クスッと笑ってジョークを言えば、彼は声を上げて笑った。

「すぐに契約させられそうですね」

「うちの営業は優秀ですからね。特に私の同期の営業課長は腹が立つくらい有能なんですよ」

何故かここで前園の話をしてしまう私。けど、渡辺さんは気を悪くした様子も見せず、穏やかに返す。

「藤宮さんが言うんだから、よほどやり手なんですね」

会話のキャッチボールが上手な人だな。それに比べ、あいつといるとドッジボールになるのよね。

あっ……また前園のこと考えてる。

最近、前園が出張で不在のせいか、秘書室は平和だ。だけど、なんか刺激が足りない……って、しっかりしろ私！

心の中で自分を叱咤していたら、突然ここにいるはずもない前園の声がした。

「いえいえ、たいしたことはありませんよ」

え？

声のする方を向けば、スーツ姿の前園が営業スマイルを浮かべている。

呆気に取られる私と渡辺さん。

な、なんで前園がここにいるの！

目ん玉が飛び出しそうなくらい驚いていたら、前園が私の腕を掴んだ。

「すみません。彼女は僕の婚約者なので連れて帰ります」

私を立たせる前園に、渡辺さんが慌てて声をかける。

「ちょ……ちょっと待って下さい。あなた誰ですか？」

「あっ、失礼。自己紹介がまだでしたね」

このわざとらしい物言い。なにやら陰謀の匂いがする。

前園はパッと私の腕を離して、スーツの内ポケットから革の名刺入れを取り出す。

「私は先ほど彼女が話していた『TAKANO』の営業課長の前園と申します」

無駄のない動きで名刺を手渡すと、あっけに取られる渡辺さんを置き去りにして、前園は私の腕を掴んでラウンジから連れ去った。

彼が早足で歩くから足がもつれそうだ。

「ま、前園！　止まってよ！　一体なんなの？」

混乱した頭で文句を言えば、前園は立ち止まって私を見据えた。

「俺の権利を主張しただけ。なに勝手に見合いしてるんだよ」

冷ややかな目で言い放つ。

どうして私が責められるの？

「権利ってなに？　私は誰とも付き合ってないんだから、なにしようと自由なはずだけど」

「俺と寝たくせになに言ってんだか。ちゃんと責任取れよ」

前園の身勝手な言い分に顔をしかめた。

「はあ？」

すると前園は、キラリと目を光らせる。

「わからないなら、またキスしてわからせようか？」

「結構です！」

はっきり拒絶すれば、前園は口の端を上げた。

「それは残念」

「どうして私がお見合いするって知ってるの？　しかも場所まで」

偶然居合わせたとは思えない。

「専務秘書の立花さんが、金曜日のお昼に営業部にやって来て教えてくれたんだよ」

美希ちゃん……なにしてくれてんの！

この場にいない後輩を心の中でなじる。

「もうどうするの！　渡辺さんにこんな失礼なことして」

お母さんにだって絶対怒られる。

お見合いが台無しになって頭を抱えた。

「失礼なのは、その気もないのに見合いする柚月の方だと思うけどな」

責任を転嫁する前園にカチンときた。

「あのね、渡辺さんはとてもいい人だし、同郷だし、話も合うの。どうしてその気もないって決めつけるのよ！」

「だったら、その渡辺さんに俺の話をしたのはどういう理由から？」

急に真顔で問いかける。

その質問にギクッとした。

「それは……うちのカタログ見せて商品説明ができる営業がいたら……いいなって……思って……」

動揺を隠しながら説明するが、言葉が尻すぼみになった。

「見合い相手にうちのカタログ見せるってお前は営業かよ。愛社精神の塊だな」

刺々しい口調で前園が皮肉る。

美希ちゃんにも同じこと言われたっけ。渡辺さんに悪いことしちゃった。

私……前園から逃げることしか考えてなくて、なにも見えてなかったかも。

落ち込む私の顔を彼が覗き込む。

「お前は俺のことだけ考えてればいいんだよ」

その殺し文句、私に使う意味あるの？

「……言う相手間違ってない？」

疑ってかかる私に前園は呆れ顔。

「どこまで鈍感なの、お前。この俺が忙しい仕事の合間を縫ってここまで来てるんだ。

いい加減俺が本気だってわかれよ」
「だって今までの前園の素行を知ってるだけに信じられない」
正直に自分の気持ちを伝えたその時、「健斗？」と背後から男性の声がした。
誰？
振り返ればスーツ姿の五十代くらいの男性が前園に目を向けている。
下の名前で呼ぶということは会社の取引先の相手ではない。
この人……前園に似てない？　背は同じくらいだし、目元も似てる。
白髪交じりだけど、ダンディーでカッコいい。
そんなことを考えていたら、前園が少し驚いた顔をした。
「親父」
嘘⁉
前園のお父様？
「そちらの方は？」
前園のお父様が私に目を向ける。
以前、昔の前園のことを片桐君が『超クール』って言っていたけど、彼のお父様は
まさに〝超クール〟。

親子揃ってイケメンなんだ……、と妙なところに感心してしまう。

「藤宮柚月さん。俺がお付き合いしてる人だよ。近いうちに俺の奥さんになるからよろしく」

とんでもない大ボラを吹いて前園は私を紹介する。

こいつは……なにを言ってるの！

怒りたいが、お父様の手前できない。ならば……と、ピンと背筋を正して礼儀正しく挨拶した。

「はじめまして。藤宮柚月と申します。前園さんと同じ『ＴＡＫＡＮＯ』に勤めております」

自分なりの精一杯の抵抗。

前園を苗字で呼ぶことで親密な仲ではないことをアピールする。

「彼女は社長秘書をしているんだ」

前園が補足説明すると、お父様は頬を緩めた。

「どうりでしっかりしたお嬢さんだと思った。今日は約束があって時間がありませんが、今度是非うちに遊びにいらして下さい」

笑うと穏やかな印象に変わる。素敵なお父様だ。

「……ありがとうございます」

ポーッと見惚れながらお礼を言うと、お父様は前園の肩に手を置いた。

「綺麗な方じゃないか。母さんもきっと喜ぶ。じゃあまたな」

そう言って歩き去る前園のお父様。

その後ろ姿を見送り、思わずポツリと呟く。

「うちの父と交換したい」

そんな私の肩を抱き、前園は私の耳元で囁いた。

「俺と結婚すれば、義理の父になるけど」

前園の言葉にさっきの無責任な発言を思い出す。

「近いうちに奥さんになるとか嘘言わないでよ！」

肩に置かれた前園の手をつねろうとしたら、素早い身のこなしでスッと逃げた。

「親に嘘言うわけないだろ」

「私を利用して、自分は遊びまくるつもりなんでしょう？　相手がいれば、親に見合いしろとかうるさいこと言われないし」

じっとりと前園を見れば、こいつは苦笑いした。

「お前が俺をどれだけ信用していないかよーくわかったよ」

その後、私は断ったのだが、前園はタクシーでアパートまで送ってくれた。

何故か彼も私と一緒にタクシーを降りる。

「なんであんたまで降りるの？　お茶なんか出さないわよ」

私と並んでアパートに向かう前園に冷たい言葉を投げるが、「ただちょっと心配なだけだよ」とらしくないことを言う。

心配って……ただ家に帰るだけなんですけど……。

ハーッと嘆息しながら部屋の鍵を開けると、彼は私より先に玄関に入って中の状況を確認した。

「泥棒なんていないわよ」

自信を持って言うが、前園はベッドの上の天井を指差した。

「柚月、水漏れしてる」

「ええっ！」

ギョッとして天井を見上げれば、確かにポタポタと水が滴っていてお気に入りのパッチワークのベッドカバーを濡らしている。

「う……そ」

大学の時から住んでいるが、こんなの初めてだ。

「柚月、大家さんに連絡」

前園に声をかけられ、慌ててアパートの隣に住む大家さんに知らせにいく。

大家さんを連れて戻って来ると、前園がビニールシートとバケツを見つけてベッドを保護していた。

「まあ……これは酷いわね」

天井を見て大家さんは驚き、私の隣の部屋や上の階の部屋も調べに行った。

念のため一緒について行ったのだが、隣の部屋の住人は不在。

上の階の人はいて、大家さんが確認したところでは水漏れはしていない。

私の部屋に戻ると、大家さんは首に下げた携帯電話で修理業者の番号を探し始めた。

「えー、確か水原《みずはら》って名前……ああ、これだわ」

早速電話をかけるが、繋がらない。もう一度かけてみるが結果は同じだった。

電話番号が変わってしまったのかもしれない。困ったな。

私がスマホで別の業者を探そうとしたら、前園が大家さんに優しく話しかけた。

「僕の知り合いの業者を手配しても構いませんか？」

前園の申し出に大家さんは「ええ。申し訳ないですね」と少し安心した顔で返事をする。

日頃から懇意にしている業者なのか、彼が連絡すると三十分ほどで来てくれて、上の階の配水管を調べてくれた。

どうやら配水管が古くなって水が漏れてしまったらしい。

応急処置をしてくれたが、本格的に修理するにはかなりの費用がかかり、いつまた水漏れするかわからないとか。

「大家さん……お金大丈夫なのかな？」

契約の時に払った敷金なんてほんの数万程度。大家さんのことが心配になる。

すると、前園がハーッと溜め息をついた。

「お前、ホント自分のこと考えないよな」

「だって私はどうにでもなるけど、大家さんは逃げられないでしょう？　このアパート放置するわけにはいかないし」

そう弁解すると、前園は腕を組んで私を見据えた。

「で、今夜からどこで寝るつもりだ？」

「来客用の布団が別にあるし、床に敷いて寝るよ」

後先考えずに即答すれば、前園に怒られた。

「お前ってどうして自分のこととなるとそんな無頓着なんだよ。また水漏れしたらどうする？」

「うーん、じゃあ朱莉のお家にちょっとだけお邪魔しようかな」

少し考えてそう答えたら、今度は前園に頭を小突かれた。

「バーカ。新婚家庭に押しかけたら、ただのお邪魔虫だろ？」

「あっ、そうか」

指摘されて初めて気付く。突然の水漏れにやはり気が動転しているのか、まともに頭が働かない。

前園に怒られても言い返せないし、私……なんかおかしい。仕事ならもっと素早く対応できるのに……。

そんな私を見て彼はテキパキと指示を出す。

「とりあえず、スーツケースに当座の着替えを入れろ」

「え？　まだどこ行くか決めてないけど」

目を見開いて反論したら、前園がもの凄い形相で命じた。

「いいから、準備しろ！」

……その顔、怖いんですけど。

渋々クローゼットからスーツケースを取り出して服を選んでまとめた。

水漏れの件は取りあえず話がついて、大家さんも修理業者も部屋を後にする。

私が荷物をまとめると、前園が私の手からスーツケースを奪った。

「タクシー呼んだ。行くぞ」

「あっ……うん」

彼に促されてアパートを出ると、ちょうどタクシーが来た。

運転手が降りて来てスーツケースをトランクに入れ、私と前園は後部座席に乗り込む。

運転手が席に戻ると、彼は行き先を告げた。

「新宿までお願いします」

会社の近くのビジネスホテルまで送ってくれるのだろうか?

前園の存在をこんなに心強く感じたのは今日が初めてだ。

ひとりだったら途方に暮れていたかも。

「今日はありがとう。いてくれて助かった」

取りあえず先ほどのお礼を言うと、前園はフッと笑う。

「いえいえ。どういたしまして。うちの知り合いの業者だし、大家さんのことは心配するな。お前のことも悪いようにはしない」

その言葉に不穏な響きを感じたのは気のせいだろうか？

十分ほど走ると、タクシーは超高層ビルの前で停車した。

ん？

こんなところにビジネスホテルなんてあったっけ？

首を傾げながら前園とタクシーを降りると、その高層ビルは新宿でも有名な五十階建てのタワーマンションだった。

前園は私のスーツケースを持ち、「こっちだ」とそのマンションに入って行く。

「待って、前園」

慌てて追いかければ、フロントデスクにいたコンシェルジュが前園に挨拶した。

「お帰りなさいませ、前園様」

『お帰りなさいませ』？

え？　前園、こんな高級マンションに住んでいるの？

課長の彼とOLの私では給料が違う。だけど、こんな豪華なマンションに住める給料は前園でももらっていないはず。

エントランスの床と壁は大理石だし、高い天井にはシャンデリアがあってホテルと勘違いしそうだ。

そういえば、前園が身につけているものはいつも有名ブランド品だ。

実家がお金持ちなのだろうか？

思い返してみると、前園のお父様も見るからにオーダーメイドとわかるスーツを着ていた。

前園はコンシェルジュとにこやかに挨拶を交わすと私を待ってエレベーターに乗り込む。

「ねえ、私ホテルに行くから」

そう主張するが、前園は前屈みになり私に顔を寄せた。

「ふーん、そんなに俺とホテルに行きたい？」

楽しげに前園は目を光らせる。

「違います！」

全力で否定するも、前園はまともに取り合ってくれず、エレベーターの扉が開くと私のスーツケースを持ったままスタスタと降りた。

「ちょっと、私の話聞いてる？」

仕方なく私もエレベーターを降りると、そこは最上階だった。しかも、私の知っているマンションの造りと違う。エレベーターの目の前には重厚な観音開きのドアがあって、床は毛足の長いふかふかの絨毯が敷かれている。

他の部屋のドアが見当たらないんですけど。これがペントハウスというやつですか？

辺りをキョロキョロと見渡していたら、前園に急かされた。

「柚月、遅い」

……ふたりでいる時はもうすっかり名前を呼び捨てにされている。

もう訂正する気力もないけど、一体どういうつもりなのだろう？　しかも、私を自宅に連れて来るなんて。

警戒しながら前園の部屋に入る。

広い玄関。壁には大きな天体写真のパネルが飾られていて、目を奪われた。

「綺麗だね。星好きなんだ？」

「まあな。上がって」

前園は、ニコッと微笑む。

「だから、私はホテルに泊まるって……」

「いいから上がれ」

前園は私の言葉を遮り、有無を言わせぬ笑顔で命じた。

不承不承従って玄関を上がり、右手にある廊下を前園について歩いていく。

長い廊下。一体何部屋あるの？ ドアの数からすると六部屋か七部屋はありそうだ。

あまりの広さに驚いていると、彼は手前から数えて三番目の部屋のドアを開け私のスーツケースを置いた。

「ここゲストルームだから自由に使うといい」

気前よく言われたけど、そこまで甘えるわけにはいかない。

「いや、そんな悪いよ。私がお邪魔しちゃったら、前園女の子呼べないじゃない」

私なりに気を使ったのが、面白くなかったらしい。

「俺、お前が思うほど遊び人じゃないし、もうお前以外に女はいらないから」

前園の発言に顔がボッと火がついたように熱くなる。

真顔でそんなこと言わないでよ。恥ずかしくないのか、こいつは。

最初はからかわれているだけかと思っていたけど、お父様にも紹介されるし、本当に前園は私が好きなんじゃないかと勘違いしそうだ。

「でも……同じ会社で働いてるのに、泊まらせてもらうなんてマズイよ」

前園はうちの会社の女の子達の憧れの的。泊まったなんてバレたら私、前園ファン

に殺される⁉

必死に言い訳したその時、私のお腹がギュルルッと鳴った。

「あっ……」

前園から目を逸らし、お腹を押さえる。

しっかりと聞こえたのか、彼はクスッと笑った。

「まあ、もう夜の八時過ぎだもんな。そりゃあ、腹減るよな」

もう八時なのか。なんとかして夕食の前にホテルを見つけないと……。

バッグからスマホを取り出してホテルを探そうとしたら、前園が私のスマホを奪った。

「いい加減諦めろ」

「こら、返しなさいよ」

手を伸ばして取り返そうとするも、前園はひょいとスマホを高く持ち上げる。

「お前がここに泊まることにしたらな」

意地悪く笑って前園は私のスマホをズボンのポケットにしまった。

「もう！」

睨み付けると、また私のお腹が鳴った。

「怒ると余計に腹が減るぞ。まずは腹ごしらえしよう」

前園はニヤリとして私の手を掴んで廊下の突き当たりにあるリビングに連れて行く。

なにこれ？　百平米くらいある⁉　それに天井がとっても高い。

リビングの壁の半分はガラス張りになっていて、美しい夜景が目に飛び込んできた。

「うわ～、綺麗～！　キラキラしていてまるで宝石箱みたい。東京の摩天楼を一望できるなんて凄いね！　ここに、ひとりで住んでるの？」

興奮しながら前園に聞くと、クールに「ああ」と答えた。

こんな豪華なマンションにひとりで住んでいるのか。

「そう言えば、前園って高所恐怖症じゃなかった？」

私の質問にこいつは平然とした顔で返した。

「遊園地の絶叫マシーンがあまり好きじゃないだけ」

「……なんだ」

「なにその残念そうな反応。そんなに俺の弱点を知りたければ、ここに住んで観察するんだな」

前園は意地悪く目を光らせ私の頬に触れようとする。

「挑発したってここには住まないわよ」

パシッとその手を振り払って言い返すが、まったく気にすることなく、前園はスーツのジャケットを脱いで手前にあるソファの背にかけた。

その様子をじっと見ていたら、彼はリビングの隣にあるアイランド型のキッチンに行って冷蔵庫を覗き込む。

「さあて、なににするかな?」

シャツの袖を捲ると、前園はトマトを取り出して調理を始めた。

ここを出るなら今のうちだが、残念なことにスマホはあいつが持っている。ハーッと溜め息をつくと、前園に声をかけた。

「なにか手伝おうか?」

「じゃあ、パスタ作るから麺茹でてくれない?」

頼まれて私もキッチンに立つ。

調理器具もグローバルの包丁や、ラバーゼのまな板、ラゴスティーナのパスタ鍋……と一流品。

おしゃれなレストランのキッチンみたいだな。

サーモンのカルパッチョ、トマトとナスのパスタ、シーザーサラダの三品を十五分ほどで作り、六人がけのダイニングテーブルでいただく。

「前園ってちゃんと料理して偉いね。うちの父なんか家事を一切やらないよ」

「そういう柚月だってちゃんと自炊してるじゃないか。お前のアパートの冷蔵庫、食材がいっぱいあったよな」

前園は頬杖をつきながらフッと微笑する。

「私は経済的な理由でだよ。毎日外食してたらお金がなくなっちゃう」

「俺の場合は、接待で外食が多いから飽きるんだよ。それだけのこと」

彼は謙遜するが、私よりも帰宅時間が遅くて仕事も忙しいのにちゃんと自己管理しているなんて偉い。

「いただきます。あっ、このカルパッチョ美味しい！」

マジックソルトとオリーブオイル、それにレモンの酸味が効いていて絶妙な風味。

思わずニコリとすると、前園はしたり顔で笑った。

「だろ？」

「ねえ、ここ部屋数多そうだし、掃除大変じゃない？」

美味しい料理に心が和んで、少し余裕が出てきた私は、目の前の広いリビングに目を向けた。

「週二で家政婦さんにお願いしてるんだ。食材も買ってきてくれるし、結構楽だよ」

……なるほど、家政婦さんかあ。私には縁のない暮らしだな。

「セレブな生活してるね」

苦笑しながらそんなコメントを述べれば、前園はニヤリとした。

「まあ、ここだけの話、株で儲けてるからな。だから、安心して嫁に来いよ」

「どうしてもそっちに話を持っていくわね、あんた」

呆れ顔で返せば、前園はハハッと笑う。

その後も会話がはずんで、気が付けば、自分の分をすっかり平らげていた。

お腹はもちろん、心もなんだかあたたかい。やっぱり誰かと一緒に食事するのって楽しいな。

ふと、そんなことを思う。

食事を終えて片付けを済まし、しばしリビングのソファでひと休み。

「食後のコーヒー飲む？」

前園に聞かれ「うん」と素直に頷いた。

執事みたいに気が利くなあ。

お腹が一杯になったせいか、なんだか眠くなってきた。このいかにも高級な座り心地のいいソファも眠気を誘う。

ここで寝ちゃ……ダメ。ホテルだって探さなきゃ。

必死に睡魔と戦うが、もう目を開けているのも難しい。

「柚月、コーヒー」と彼に声をかけられるが、瞼が重くてもう目を開けることはできなかった。

「はい」と返事をするも、大きな闇がパクッと私を飲み込んで……。

次に目を開けた時、前園が私のスマホで誰かと喋っていた。

俺の前ですぐ寝る彼女——健斗ｓｉｄｅ

「柚月、コーヒー」

　食後にコーヒーを淹れて持っていくと、ソファに座っていた彼女は目を閉じながら「はい」と呟く。

　だが、力が抜けてズズッとソファに倒れた。

「お前……なんで男の家に来てすぐ寝る？」

　ちょっとは襲われるとか考えろよ。

　じっとりと柚月を見つめるが、ふと思い直した。

　俺の前ですぐ寝るということは、それだけ心を許しているということか。

　初めて身体を重ねた夜、俺を誘ったのもただの気まぐれではなかったはず。俺のキスにだって抗いながらも応える。なのに、見合いするなんて……。

「馬鹿だな」

　柚月の後輩が見合いのことを教えてくれなければ、今ここに彼女はいなかっただろう。

先週の金曜日の昼休み、秘書課の立花さんがフラッと営業部にやって来た。

『前園さーん、とびきりの情報あるんですけど』

立花さんはデスクで仕事をしていた俺の姿を見つけ、にっこりと微笑んだ。

彼女は柚月が可愛がっている後輩だ。

営業部にはよく来るが、いつもは牧と雑談しているので、俺に用とはめずらしい。

『とびきりの情報って？』

そう尋ねると、彼女は俺の耳元で声を潜めた。

『柚月先輩、今度の日曜日、お見合いしますよ』

その知らせに、ピクッと眉が動いたが、うろたえはしなかった。

そう言えば以前、社内情報に詳しい牧から、柚月がお見合いを勧められていると聞いたことがある。

わざわざ俺に知らせに来たということは、立花さんは俺と柚月とのことを応援してくれているのだろう。秘書室で故意に柚月の鍵を返してよかったと思う。あれで秘書課のメンバーに俺と柚月の関係を匂わせることができたのだから。

『へえ、それは初耳だな。俺というものがありながら、見合いなんてなに考えてるんだか。どこでやるか場所は知ってる?』

彼女にゆっくりと微笑みながら、もっと詳しい情報を聞き出す。

『もちろんです』

立花さんはどこか得意げに笑って、日時と場所の詳細が書かれたメモを、俺の机に置いた。

瞬時に内容を覚えてメモをジャケットのポケットにしまう。

『ありがとう。お礼はなにがいい?』

このメモは、俺にとって宝石以上の価値がある。

デスクの上で手を組んで問えば、彼女は小さく首を横に振った。

『お礼なんていいですよ。相手はお医者さんって言ってましたけど、絶対に柚月先輩を取られないで下さいね』

医者ね。

『ああ、わかってる。彼女は俺のだからね』

所有欲むき出しでそう宣言すると、彼女は嬉しそうに微笑んだ。

『やっぱり柚月先輩のこと本気なんですね。それを聞いて安心しました!』

『誰にも彼女は渡さないよ』

『ふふっ、私も男の人にそんな台詞《せりふ》言われてみたいな』

どこか夢見心地の立花さんに優しく告げる。

『いつか現れるよ。立花さんにもね』

『柚月先輩も運命の相手は前園さんって早く自覚すればいいのに。なにをムキになってるんだか』

ハーッと溜め息交じりの声で彼女はぼやく。

『確かに、いい加減わかってほしいよ』

フッと笑って同意すれば、出先から戻った牧が俺達のところにやって来た。

『ふたりでなに密談してるんですか？　はたから見てるとなんか悪巧みしているようで不気味なんですけど』

まあ、柚月の見合いをぶっ潰す話をしていたのだからある意味悪巧みなのだろう。

だが牧に知られたら、どこかでペラペラ喋りそうだ。

『なんでもない』と冷淡に答えると、立花さんも厳しい表情で牧に命じた。

『あんたは仕事しなさい。無能な男はモテないわよ』

『……はい』

立花さんに瞬殺された牧が、しゅんとなって自席に戻る。そんな彼を横目で見て、彼女は小声で言った。

『あいつに知られるとちょっと厄介ですからね。じゃあ、私は戻ります』

『ああ。知らせてくれてありがとう』

心から礼を言うと、彼女は軽くお辞儀をして営業部を後にした。

秘書課の立花さん……か。心強い味方ができたな。

そして、今日の午後、ホテルのラウンジに行き、見合い相手と一緒にいた柚月を連れ去った。

もちろん無礼は承知の上だ。なりふりなんて構っていられない。

「もう他の男のところになんか行くな」

身を屈めると柚月の頬に手を添え、その可愛い唇に口づける。

「愛してる」

彼女が寝ているからこそ言える。

起きている時に言っても素直に聞かないだろうから。

寝室にタオルケットを取りに行き、柚月にかけた。

彼女が自分の家にいることにホッとする。

あのアパートに住まわせておくのはちょっと心配だったたし、このままここにいさせよう。

大家さんは見た感じ八十くらいのおばあさんだった。

今日少し話したところでは、修繕するにはかなりの費用がかかるため、入居者に徐々に退去してもらって、アパート経営をやめる方向で考えると言っていた。

俺も相談に乗ると大家さんには伝えたから、もうアパートの方は心配ないだろう。

あとは、柚月が俺のところに引っ越してくるよう説得するだけだ。

一緒に住めば、俺のことをもっと知って、お互いわかり合えると思う。

女ったらしとか言って、俺に対する偏見が半端ないんだよな。

『TAKANO』に入社してから、三十までに結果を出そうと、がむしゃらにやってきた。

僧侶のように女と無縁の生活だったとは言わないが、女ったらしと言われるほど遊んでいない。

社内で俺に言い寄ってきた女達が、振られた腹いせにあることないこと吹聴して、変な噂が立ったのだろう。

社内の女を食い漁るなんて自分の首を絞めるような真似はしない。

しばらくじっと柚月の寝顔を見つめると、ノートパソコンを出して彼女の横で仕事をした。

ズボンのポケットに入れておいた彼女のスマホがブルブルと震え出す。

手に取って画面を見れば、〝母〟と表示されていた。

柚月の母親からの着信。ちょうどいい機会だ、挨拶しておこう。

通話ボタンに触れて電話に出る。

《柚月⁉　今日のお見合い、彼氏と一緒にトンズラしたってどういうこと⁉》

柚月の母親にしては若い女性の声が耳に届く。

怒っているというよりは、驚いているような口調。

「初めまして。柚月さんのお母様ですね。僕は彼女と結婚を前提にお付き合いさせていただいている前園健斗と申します」

そう挨拶するが、俺が電話に出たことにかなり驚いたのだろう。

《は？……》

柚月のお母さんは絶句した。

だが、電話でお互い沈黙するわけにはいかないので、そのまま話を続ける。

「柚月さんとは同じ会社で、僕は営業課長をしています。実は柚月さんが住んでいたアパートが今日水漏れしてしまって……。その対応で疲れて彼女は今僕の家で寝ているんです」

なるべくお母さんに状況がわかるよう仕事の同僚であることや、アパートの水漏れ、今俺の家に柚月が来ていることを丁寧に説明した。

《まあ……それはうちの娘がご迷惑をお掛けして……。でも、……えーとお名前なんでしたっけ？》

あまりに動揺して俺の名前を聞き逃したらしい。

「前園健斗です。健斗と呼んで下さい」

なるべくよい印象を持たれるよう穏やかな声で告げる。

《健斗さんがいてくれてよかったわあ。あの子結構ボーッとしてるから。それに、健斗さんのことなにも言わないんだもの。知ってたら見合いなんて勧めなかったのに》

少し落ち着いてきたのか、柚月のことをお母さんは愚痴る。

なんとなくお母さんの性格がわかってきた。

おおらかで人懐っこいタイプのような気がする。こういうタイプは話が進めやすい。

柚月が寝ている間に外堀を埋めていこう。

「今度柚月さんとそちらにご挨拶に伺います。日時は改めて相談させて下さい」

《まあ嬉しいわ》

お母さんが明るい声で笑ったその時、柚月がギョッとした顔で俺を見てソファから飛び起きた。

「ちょっと！　私の携帯で誰と喋ってんの！」

彼女が慌てて俺の手にあるスマホを奪おうとするが、俺は軽くかわした。

俺の声で目が覚めたか。

「誰って柚月のお母さんだよ。アパートの水漏れのこととか説明しておいたし、ちゃんと挨拶もしておいたから」

俺の言葉に柚月は目をひんむいて青ざめる。

「なに、余計なことを……」

文句を言う彼女に諭すように言った。

「大事なことだろ」

《そうよ。柚月、あんたはなにも言わないんだから》

スマホからお母さんの声が聞こえてきて、スピーカーに切り替える。

「お母さん、前園となに話したか知らないけど、本気にしないで！」

半分パニックになっている柚月は、スマホに向かって声を張り上げた。

《あら、とっても誠実そうでいい人じゃない》

お母さんが俺を褒めると、柚月は眉間にシワを寄せる。

「お母さん、こいつに騙されてるよ。顔は美形でも性格は最悪なんだからね」

《あらそんなにハンサムなの？　今度うちに挨拶に来てくれるって言うし、会うのが本当に楽しみだわ》

ふふっと笑うお母さんの話に柚月はひどく驚いた。

「ええ⁉　挨拶って⁇」

柚月が説明を求めたが、お母さんはスルーする。

《じゃあ、健斗さん、うちの子のことよろしくお願いします。おやすみなさい》

「はい、おやすみなさい」

にこやかにそう返すと、横で柚月が大慌てで叫んだ。

「お母さん！　ちょっ……話終わってな……！」

柚月が言い終わらないうちにブチッと通話が切れる音がした。

スマホを返すと、彼女は俺に食ってかかる。

「前園、どうすんのよ！　勝手な真似して」

「だから、今度ご挨拶に伺うよ。柚月の実家、福井だったよな？」

「そうだけど……って、挨拶なんかしないでよ。結婚するって親に期待させるでしょう？」

不満を露わにする彼女の頬に手を当てた。

「期待、結構じゃないか。俺と結婚して柚月の綺麗なウェディングドレス姿を見せてあげればいいだろ」

柚月の瞳を見つめて言うが、彼女はうろたえながら反論しようとする。

「だ、だから、あんたとは結婚なんかしな……ちょっと、なにしてるの？」

俺が柚月のワンピースのファスナーに手をかけると、彼女はビクッと震えた。

「なにって、服脱がそうとしてる」

柚月が言わんとしていることはわかっていたが、わざととぼける。

「そうじゃなくて……⁉」

グダグダ言う彼女の唇にチュッと軽くキスをして黙らせたら、柚月は目を丸くした。

「お前、ごちゃごちゃ喋りすぎ。俺のこと好きなんだって認めろよ。認めないと、このまま服脱がして愛し合うけど？」

「え？　私が……あんたを？　嘘でしょう？」

「残念、タイムオーバーだ」

意地悪く笑って柚月のワンピースのファスナーを下げ、彼女の口を塞ぐ。それから、キスをしながらワンピースを脱がすと、柚月をソファに押し倒した。

ブラのホックを外して彼女の胸に手を添える。

「ま……前園？」

ハッと目を見開く柚月。

「俺が怖いか？」

真剣な眼差しで問えば、彼女は自信がなさそうに答える。

「……わからない」

震えるその漆黒の瞳。でも、俺からは逃げない。

そんなに力は入れていないし、俺を突き飛ばすことだってできるはず。

「じゃあ、質問を変える。どうして抵抗しない？」

静かな声で問いかけると、彼女は呆然と俺の言葉を繰り返した。

「どうして抵抗しない……のか？」

答えを求めるように柚月は俺を見つめる。

「もうわかっているんだろ？　お前は俺が好きなんだよ」

穏やかな口調で言えば、彼女はブンブンと首を振った。

「違うわない。もう高野の時みたいに心にストッパーかける必要なんてないんだ」

優しく言い聞かせるも、彼女はまだ戸惑った顔をする。

「前園……」

ホント自分の恋愛となると不器用な女。

だが、そんな彼女だからこそ愛おしいと思うのかもしれない。

「素直に俺を好きになれ」

柚月の耳元で甘く囁くと、彼女がなにも考えられなくなるくらい情熱的に愛した。

衝撃のライバル宣言

『愛してる』
前園が私を抱きしめながら囁く。
それで心が満たされるのはどうしてだろう。
心が温かくなって、身体も温かくなって、とても安心する。
ずっとこのままでいたい。
私も言葉を返したかったけど、まるで人魚姫になったかのように声が出ない。
そして、何故か海深く沈んでいく。
お、お、溺れる⁉
そう思った時、パッと目が覚めた。
さっきのは夢だったのか。
ホッとしたのも束の間、目の前に非の打ち所のない前園の顔があって驚愕した。
人はあまりに驚くととっさに声が出ない。
私は前園の腕を枕にしていて、彼は私を包み込むように抱きしめている。

ああ、昨日……ソファに押し倒されて、前園と寝たんだっけ。

でも、ベッドで寝ているということは、運んでくれたのか。

キングサイズくらいありそうな大きなベッド。部屋は二十畳くらいありそう。

ここには、月のパネルが飾られている。

本当に天体が好きなんだな。私が案内されたゲストルームとは違うから、前園の寝室ってことだよね。

今、何時？

キョロキョロと見回すと、ベッドサイドの時計は午前六時を過ぎていた。

ここは確か新宿だから、もう少し寝ていても大丈夫。

それにしても、二度も身体を重ねるって……もうなんの言い訳もできない。

私……前園のこと好きなのかな？

『もう高野の時みたいに心にストッパーかける必要なんてないんだ』

前園にそう言われて、心がふわっと楽になった感じがした。

でも、自分の気持ちを疑ってしまう。

だって……前園だよ。女ったらしで、いつも私をおもちゃ代わりにからかう奴よ。

甘い言葉を囁かれてその気にさせられてるだけかもしれない。

じゃあ、なんで実家に挨拶に行くとか、結婚話をするの？　こいつが常軌を逸してるとか？

わー、なんかもうわかんない！

それなのに前園に身体を求められてすんなり受け入れるなんて……私救いようがないよね。

正直言って、前園に『素直に俺を好きになれ』って言われた時、胸がトクンと高鳴って、もうどうなってもいいと思った。

それに、前園に抱かれるのは苦じゃない。

むしろ逆で、肌が触れ合うだけで身体が熱くなって、その行為に溺れてしまう。

つい最近まではセックスって悪いイメージしかなくて、人肌がこんなに温かくて、安心するものだなんて思わなかった。

前園の微かな寝息が聞こえる。考えてみたら彼の寝顔なんて見るのは初めてだ。

触れたら起きるだろうか？

ここに油性マジックがあったらいたずら書きするのに。

ドキドキしながらそっと頬に触れてみる。

わあ～、毛穴がない。肌もツルツル。その上、この見事に均整のとれた身体。ジムにでも行ってるのかな？

まだ起きる様子がないので、その逞しい胸板にも恐る恐る触れた。

……私の肌と比べると少し硬いかも。肌も日焼けしているし。

じっくり観察していたら、いきなり前園に手首を掴まれた。

「もう終わり？」

その声に反応して驚きの声を上げる。

「ぎゃっ！」

ゆっくりと視線を上に向ければ、ニヤニヤ顔の彼と目が合った。

「お、起きてたの？」

激しく動揺しながら聞くと、前園は口元に笑みを浮かべながら頷いた。

「まあ、柚月の熱い視線を感じたし、そんな触れ方されるとくすぐったくて。もっと遠慮なく触っていいのにな」

ショック！

またもや恥ずかしいところを見られてしまった。もうこいつの前でどう振る舞っていいのかわからない。

「……イエ、ケッコウデス」

前園から視線を逸らし、ぎこちなく断る。

「昨日の夜はあんなに大胆だったのに」

からかうようなその口調。

ここは無視だ。まともに相手したら負ける。

「ね、ねえ、シャワー借りたいんだけど、バスルームどこ？」

話題を変えながら自分の服を探すが、ベッドの中にも床にも見当たらない。

マズイ。どうやってベッドを出よう。

うちと違ってここは広い。裸で歩き回りたくないんだけど。

まずは前園に先に浴びてもらって、その間にスーツケースの中の服を着よう。

「あっ……前園も浴びたいよね？　前園の家だし、先に浴びて。私……後でいい」

考え直してそう言うと、できるだけベッドの端に寄って距離を取り、布団で身体を隠す。

前園はそんな私にチラリと目をやり、少し気だるそうにベッドから出た。

「ぎゃあ！」

前園の裸に思わず手で顔を覆うが、好奇心に負けて指の隙間から見てしまう。

「お前、その反応。さっきまで俺を堪能しといておかしすぎるだろ」

堪能って……。

「だって……状況が違う」

目を覆ったまま言い訳する私に前園はクスッと笑う。

それから彼は「うーん」とストレッチすると、左腕をぐるぐる回した。

「腕が痺れてる」

苦笑いするその顔がなんだか可愛く思えてドキッ。

これは目に毒だ。

「前園……ふ、服着て！」

半ば叫ぶように頼むが、彼は意地悪く笑った。

「ここ俺の家だし、お互い裸なら気にならないだろ？」

その声に不穏な響きを感じたと思ったら、前園が近づいて来て私を抱き上げた。

「こ、こらなにしてるの！」

「姫をバスルームに運ぼうかと。時間がないし、俺も一緒にシャワー浴びる」

その衝撃発言にうろたえずにはいられない。

「ちょ……私は後でいい」

動揺しまくりの私を見て前園はニヤリとした。

「遠慮するなよ」

「遠慮してなーい！」

暴れる私を抱き上げたままバスルームに向かう。

「本当無理だから!!　男の人とシャワーなんて浴びたことない！」

抵抗し続ける私に、前園は悪魔のような顔で告げた。

「柚月、なにごとにも初めてはあるんだよ」


「今日はどこに営業？」

シャワーを浴びて朝食を食べた後、前園の車で会社にやって来た。

車はドイツ製の白いクーペ。革張りのシートで、車内はシトラス系のいい匂いがする。

「横浜の病院」

地下の駐車場に車を停め、前園はクールな顔で答えると、私にマンションの鍵を渡した。

「うちのスペアキー」

今日は車で渡すのか。まあ、その方が誰にも見られなくていいけど。

仕事が終わったら、安いビジネスホテルを予約して前園のマンションを出て行こう。

「どうも」

鍵をバッグに入れ、車を降りる。

前園と一緒にエレベーターに乗るが、幸い誰も乗ってこなかった。

よかった。前園とふたりで出勤したのが役員にバレたら厄介だ。

ホッとしたのも束の間、エレベーターが一階に着いて扉が開く。そこに美希ちゃんや片桐君、営業部の牧君や白石さんが立っていて、一気に青ざめた。

「前園さん、柚月先輩、おはようございます！」

美希ちゃんは私と前園を見てニコニコ顔。それ以外の人達は呆気に取られた顔をしている。

「おはよう」

前園は口元に笑みを浮かべ、大人の魅力全開で挨拶をする。

秘書室のメンツだけならまだ口止めできるが、営業部の子達にまで見られたのは厄介だ。あっという間に社内中に前園と私の噂が広まるだろう。

ああー、もう最悪！

ショックで頭を抱える私の手を前園が掴んだ。

「藤宮、こっち」

私が前園のもとに引き寄せられると同時に、みんながエレベーターに乗り込んでくる。

エレベーターに乗っている数十秒がとても長く感じた。おまけに前園は私の手を離さず、指を絡めてくる。

他の人だっているのに⁉

文句を言いたくてもこの状況では言えない。だって、片桐君が少し怖い顔でチラチラこっちを見ているし、他の誰かの視線も感じる。

朝からなんでこんなにハラハラさせられなきゃいけないの！

顔を上げてひと睨みしたら、前園はニヤッとした。

やっと私達のフロアに着いて、他の人達がエレベーターを降りていくと、前園が私に声をかけた。

「じゃあ、あまり無理するなよ」

『無理するなよ』ってなんで？

首を傾げる私に顔を近づけ、彼は耳元で囁く。

「昨日はあんなに激しかったんだから」

ボッと火がついたように顔の熱が上がる。そんな私を面白そうに見て、前園は営業部へ向かった。

「柚月先輩、朝からラブラブですね」

私達のやり取りを見ていたのか、美希ちゃんが興奮気味に言う。

「あのねえ、美希ちゃん、前園にお見合いのことバラしたでしょう?」

昨日のお見合いがダメになったことを思い出して責めるが、彼女は悪びれもせずあっけらかんとした顔で言い返した。

「だって、柚月先輩は前園先輩が好きなのに、他の人とお見合いするんですからね。そりゃあ、前園さんに話しますよ」

「あのねえ、美希ちゃん、私の恋愛のことには口出さなくていい……??」

〝口出さなくていいから〟と注意しようとしたら、彼女がニコッと笑って指摘した。

「柚月先輩、顔真っ赤ですよ」

「ああ、もう! トイレに寄ってから秘書室行く!」

恥ずかしくて近くのトイレに駆け込むと、鏡の前に立って顔を確認した。

「本当に真っ赤。もう! 前園のやつ……」

鏡に向かって毒づいていたら、営業部の白石さんが映っていて鏡の中の私を怖い顔で睨みつけていた。

「私、前園さんのこと入社した時からずっと好きなんです。藤宮さんには負けませんから！」

そう衝撃の宣言をして、彼女は私の前から消えた。

エレベーターの中に閉じ込められて

『私、前園さんのこと入社した時からずっと好きなんです。藤宮さんには負けませんから！』

今朝の白石さんの言葉が頭から離れない。

彼女とは面識はあっても、前園の仕事絡みで何度か話したことがある程度。

ここまで敵意を向けられる覚えはなかった。

それも恋ゆえなのかな？

あんなに堂々と前園のことを好きだと言える彼女を羨ましく思った。

今の私はズルズルと状況に流されているような気がする。

前園に惹かれているのは認める。でなければあいつと寝てない。

だけど、好きって言い切れないのだ。

高野の時は、身体の関係がなかったせいか純粋に好きだった。女子高生がクラスメイトの男の子を好きになるようなそんな感じだったと思う。

前園の場合はまず身体の関係から始まって、それで頭が混乱して、まだよくわからない。

好きなら白石さんにあんなこと言われて黙ってなかったんじゃないだろうか？

いや……単に私が恋愛に臆病なだけなのか。また失恋するのが怖いのかもしれない。

好きになったってその人と結ばれるとは限らないし、思いが通じたとしてもすぐに飽きられる可能性だってある。

「柚月先輩、なにか手伝うことありますか？」

美希ちゃんに声をかけられハッとする。

時刻はもう午後七時過ぎ。私と彼女以外のメンバーは帰ってしまった。

「ううん、ない。もう美希ちゃんも帰っていいよ。私ももうちょっとで終わるから」

彼女にはそう答えたが、あと二時間は帰れそうにない。

今日は来客対応に追われたせいか、デスクワークがあまりできなかった。

「じゃあ、先に帰りますね。また明日」

「うん、おつかれさま」

ニコッと笑顔を作って美希ちゃんに手を振る。彼女が秘書室を出て行くと、溜め息をつきながらこめかみを押さえた。

やらなきゃいけないことがいっぱいある。

今日はビジネスホテルに行こうと思ったけど、この分だと無理かもしれない。前園が帰宅していたら、またなにかと引きとめられて出て行けなくなりそう。

少しあいつと距離を置いて冷静に考えたいんだけどな。

「まずは仕事しなきゃ」

気分転換にコーヒーを淹れると、気合いを入れ直して仕事に取りかかった。

社長の名前で出さなきゃいけないメールはまだあるし、その場合、お偉いさんが多いのでとても神経を使い作成するのに結構時間がかかる。メールを誤送信したら大ごとだし、相手に失礼があっては困るからだ。

接待場所の予約をして社長に確認を取ると、関係各所にメールを送信。

その後、社長の海外出張の手配をしていたら、やはり九時過ぎになってしまった。

「あー、肩凝った」

パソコンの電源を落とすと、トントンと自分の肩を叩く。

すると、コンコンとノックの音がして前園が入ってきた。

「まだいたのか？　秘書室の電気がついてたからもしやと思って」

「月曜だし、今日は来客があったのよ」

そう答えたが、白石さんのことに気を取られて仕事が進まなかったのもある。

「お前、顔が青い。疲れてないか？」

前園は不意に私の頬に触れ、顔を近づける。

ドキッ。

ダークブラウンのその目が私を見つめる。心の中を全部見透かされそうだ。

「だとしたら、あんたも一役買ってるわよ」

前園の胸を人差し指で突き、目を逸らす。

今朝だってバスルームに連行されて求められて……そのままズルズルと……。

ああ～、もう絶対こいつとシャワーなんて浴びない。

そんな私の返答に、前園はフッと笑った。

「言うじゃないか。その元気があれば大丈夫か」

前園の視線をまだ感じて気づまりを覚える。

「横浜から今戻ったの？」

今日三時くらいに営業部の前を通った時は、前園の姿は見えなかった。

「ああ。明日は直行だし、パンフ取りに戻ったんだ」

前園がカタログの入った封筒を掲げる。

「なんか食べて帰るか？」

その質問に無性に肉が食べたくなった。

「焼肉がいい。あー、でも……今月はかなりの出費があるかもしれないし、もうコンビニ弁当にする」

アパートの水漏れのことを思い出し断念すると、前園が気前よく言った。

「それくらいご馳走してやるよ」

前園の発言に疲れが一気に吹き飛んで、笑顔になる。

「流石、前園。太っ腹！」

「本当に俺が太っ腹かどうかは、お前がよーく知ってるけどな」

ここにふたりしかいないのに、前園は故意に声を潜めた。

「あんたねえ……」

呆れ顔で文句を言おうとして口を噤《つぐ》む。

人のこと言えない。私も前に美希ちゃんが『太っ腹ですよね』と前園のことをコメントした時、今の彼と同じようなこと考えてた。

一緒にいる時間が多いせいかな？

前園に毒されているような気がする。

バッグを手に取りエアコンや電気を切ると、一緒に秘書室を後にした。

廊下を歩いてエレベーターに乗る。

私は一階のボタンを押したが、前園はB1のボタンを押した。

「今日は一緒に車で来ただろ？」

「……そうだった」

いつもの癖で押してしまった。

やっぱり疲れてるのかな。

前園はゆっくりと背後の壁にもたれかかる。

こいつに背後にいられるとなんだか落ち着かない。

早く着かないかな。
三十五、三十四、三十三……と階数表示をじっと眺めていたら、突然エレベーターがガタッと音を立てて止まり、電気が消えた。
「え⁉　なに⁇」

暗くてなにも見えない。なにが起こっているの？

驚く私とは対照的に前園はスマホのライトをかざし、全ての行き先ボタンを押す。

「停電かもしれないな」

そう彼が呟いた時、パッとエレベーターの電気がついた。

「非常用の電源に切り替わったか？」

前園はチラリと上のライトを見ると、エレベーターの階数表示をじっと見つめる。

だが、エレベーターは止まったままだ。

「停電で止まったか？」

前園は小首を傾げる。

「そのうち動くよね？」

不安になった私は、思わず前園のスーツの袖を掴んだ。

「オペレーターと話してみよう」

落ち着いた様子で前園はパネルの非常ボタンを押す。

だが、オペレーターに繋がらない。

「なんで反応しないの⁉」

最悪の事態が頭をよぎり、パネルに向かって思わず怒鳴った。

まるで、悪夢だ。

ひょっとして私達ずっとこのまま？

だって、外部と連絡が取れなきゃ私達がここに閉じ込められているなんて誰もわからない。

いつまで閉じ込められるの？

どれだけ待ったら、助けがくる？　一時間？　二時間？　それともずっと……？

このまま連絡が取れなかったらと考えると、スーッと血の気が引いていくのが自分でもわかる。

よくエレベーターの中に閉じ込められたというニュースを耳にするが、まさか自分の身に起こるとは。普段なにも考えずに乗っているエレベーターの危険性を初めて実感した。

「回線がおかしくなったかな？　それとも、あっちも混乱しているか」

前園は顎に手を当てながら考える。その声に焦りは感じられない。

私と違い冷静だ。

依然としてエレベーターは三十二階で止まったまま。

もし、落下したら？

エレベーターと一緒に身体も粉々になるんじゃ？

私達……ここで死ぬの？

「ワイヤーが切れて落ちたらどうしよう？」

そんな不安を口にしたら、前園が私の肩を抱いて普段と変わらぬ余裕のある口調で言った。

「そんなやわなワイヤーじゃないさ」

「でも、絶対ありえないなんて言えないじゃない！」

大声で言い返して、パネルのボタンを連打する。

「どこに止まってもいいから動いてよ！」

それでもエレベーターは動かなくて、次に扉をドンドンと叩いた。

「誰か、開けて！　誰か！」

助けて！

閉所恐怖症ではないが、閉じ込められていると思うといてもたってもいられなくなった。

「柚月、落ち着けよ」

前園が背後から私の腕を掴んで抱き寄せる。

「だって、エレベーター止まってるんだよ！　外の様子もわからない！　誰も助けに来なかったらどうするの！」

半狂乱でまくし立てる私に、前園は子供に言い聞かせるように優しく言った。

「大丈夫。きっと誰か助けに来るよ」

「でも……!?」

「大丈夫だ」

反論しようとする私の唇に前園は指を当て黙らせる。

「俺としてはこんな風にお前を抱きしめることができてラッキーだけど」

そんな軽口を叩いて前園は私を落ち着かせようとした。

トクン、トクンと規則正しい彼の心臓の音が聞こえる。

しばらくそうしていると、少し冷静さを取り戻した。

「もう一度オペレーターと連絡を取ってみよう」

私を抱いたまま前園が非常ボタンを押す。

だが、外部と連絡は取れなかった。

「仕方ない。消防に連絡を取るか」

軽く溜め息をつくと、スマホで消防に連絡する。

今度は繋がり、前園は取り乱すことなく状況を伝えた。

それで、少し外の様子がわかって来た。

新宿区の一部分が送電線の事故により停電し、私達以外にもエレベーターに閉じ込められている人がたくさんいるらしい。

「救助には一、二時間かかるそうだ」

前園は電話を切ると、私に伝えた。

「……そんなにかかるんだ」

がっかりして床にへたり込む。

外と繋がって一安心といいたいところだが、こんな狭い空間にそんなに長時間いたら気がおかしくなりそうだ。

実際、パニックになりかけた。

「ああ〜、もう、早く助けに来て！」

頭を抱える私を前園はギュッと抱きしめる。

「助けは必ず来る。それに俺もいるから安心していい」

「前園……」

顔を上げると、こいつはこんな状況なのに甘く微笑んだ。

彼は私にどんな魔法をかけたのだろう。

不思議と心が和んで、前園が笑っているのなら心配ないと思えてくる。

アパートの水漏れの時もそうだったけど、何事にも冷静沈着な彼がいてくれてよかった。

前園の瞳に私が映る。

トクンと高鳴る心臓。

私達の周りの空気が熱を帯び、時間が止まったような感覚に襲われた。

私の頬にそっと手を添え、前園はキスをする。

奪うというよりは、与えるような……気持ちのこもったキス。

「なにがあってもお前だけは守るよ」

前園は真摯な目で言うと、急に表情を崩して笑った。

「そう言えば、エレベーターの中ってカメラあったな」

「あ～、嘘⁉　みんなに見られる⁉　どうすんのよ！」

前園の胸板をボコボコ叩けば、動揺しまくる私を楽しげに見た。

「なにか犯罪でも起きない限り、防犯カメラなんて見ないさ」

この余裕が憎らしい。

「少しは元気になったじゃないか」

ニヤリとする前園がなんだかキラキラして見えた。

しかもこの至近距離。

心臓がバクバクしてなにも言い返せない。私を見つめるその優しい目にドキッとする。

気付いてしまった。

最近私が落ち込んだりする時、いつもそうやってからかうけど、その目は私を温かく見つめている。

本当に私を元気づけたかったんだ。

それが嬉しく……それでいて照れくさい。

どうしよう⁉

今、はっきり自覚した。

私……前園が好きなんだ。

理性のタガが外れる――健斗ｓｉｄｅ

「一時間経ったね。本当に救助来るのかな？　私達忘れられてない？」

柚月は腕時計にチラリと目を向け、弱気な言葉を口にする。

もう何度時計を見ただろう。消防と電話が繋がったが、まだ助けは来ない。

その間、高野や牧とも連絡を取ったし、こちらが打てる手は全て打った。

長時間閉じ込められて不安を感じないと言えば嘘になるが、いずれ助けは来るはず。

「大丈夫だ。他のエレベーターも止まっていて時間がかかっているんだ、きっと」

勇気づけるようにそう言うと、彼女はじっと俺を見た。

「なんでそんな平常心でいられるの？」

「大事な彼女の前でうろたえてたらみっともないだろ？」

場の空気を変えようとウィンクして見せたら、彼女は溜め息交じりに言った。

「あんたって……この状況でもそんなこと言えるんだから凄いわね」

「まあ、海外でもエレベーターに閉じ込められたことはあるし、どう対処すればいいかわかる分余裕があるのかな」

フッと笑えば、柚月は必死な目で質問してきた。

「その時はどれくらいで救助されたの？」

「一時間くらいだった。空調も止まってたし暑くて参ったよ。今は空調が動いてるだけマシだ」

ポンと彼女の背中を叩いて慰める。

これでエレベーターの中がサウナ状態だったら、柚月はもっとパニックになっているかもしれないし、肉体的にも辛かっただろう。

「……マシか。やっぱり前園って凄いね」

今度は心から俺を褒める柚月。

「今日は褒められてばっかりでなんだか不気味だな」

彼女の様子を観察しながら冷やかす。

救助が来なくて弱気になっているが、まだ具合は悪くはなさそうだ。

柚月は俺の胸をトンと叩いて少し怒った。

「またそうやって茶化す。……そう言えば、入社当時の前園って冗談なんか言うタイプじゃなかったけど、どうしてそんなに変わったの？」

「変わりたかったから」

笑ってごまかしたら、彼女は俺を睨んだ。

「答えになってない」

あまりカッコいい話ではない。

だが、柚月の気がそれで紛れるなら話してもいいか。

「きっかけは大学の時。関東大学バスケットボール選手権の決勝で相手のディフェンスに怪我させられて、チームメイトにはわからないようずっとプレーしてたんだ」

当時のことを思い出しながら、柚月に話して聞かせる。

二点差でこっちが勝っていたが、スリーポイント一本決められればひっくり返る。ここで俺が抜けたら負けるって思ってた。

「それで？」

柚月は急かすように先を促す。

「高野が俺の怪我に気付いてベンチに下がれって言ってさ。俺が抜けたら負けるって反対したら、『俺達を信じろ』ってあいつは怒ったんだ」

「高野らしいね」

彼女のコメントに小さく微笑む。

「そうだな。自慢に聞こえるかもしれないが、俺は小さい頃から勉強もスポーツもなんでもできて、昔はみんなを見下してた」

　世の中なめてたんだ。俺に勝てる奴なんていないって……。

「……ああ。研修の時とかそんな感じだったね」

　入社した時から俺のことを知っている彼女は、納得したように頷く。

「信用できる人間なんて自分しかいなかった。だから、高野の言葉も素直に受け入れられなくて、そのまま試合に出続けた」

「ベンチに下がらなかったんだ。でも、それであっさり引くような高野じゃないと思うけど？」

　柚月が上目遣いにじっと俺を見る。

「鋭いな。まだ続きはあって、残り時間三分ってところで、俺はもうシュートを打てなくなって……代わりにシュートを決めた高野が『絶対に勝つから』っていつものお日様みたいな笑顔で言ってさ。俺はもう立つのもやっとの状態だったし、仕方なく引き下がった」

　今、こんな風に笑って語れるのは、俺もあれから成長したからなんだと思う。

「高野は自分のプレーで前園を説得したんだね。で、試合はどうなったの？」

「勝ったよ。試合終了後、高野やチームのみんなが俺のところに集まって来て、もみくちゃにされた」

それは、俺にとっては衝撃的な瞬間で……、みんなの力で勝ったんだって思い知らされた試合だった。でも、敗北感はなくて、なんていうか……みんなと味わう勝利に胸がジーンとなったんだ。

それからだ。人を信じてみるのもいいかって思い始めたのは。まずは高野を信じることから始めて、人との接し方にも注意した。それが今の仕事に役立っている。

「もみくちゃにされたにしては嬉しそうだね。私も見たかったな、その試合」

俺の話を聞いて、彼女は羨ましそうに微笑んだ。

「見たら俺のこと惚れ直すぞ」

いたずらっぽく笑いながらそう言うと、柚月は何故か黙り込む。

いつもならなにか言い返すのにおかしい。

そんな柚月を見ていたら、彼女は動揺しながら元の話題に戻した。

「そ、それで前園は変わったんだ」

ぎこちない彼女の態度に気付かない振りをして相槌を打つ。

「まあね。人付き合いとか高野を真似て今に至るわけ。傲慢な性格を直すのに結構時間食ったけどな」

「自分を変えるってなかなかできないのに、前園は偉いよ。それに、意外と努力家だね」

考えるように言って、柚月は笑みをこぼす。

天使の微笑み。

その顔がとても眩しく見えて、無意識に彼女の唇を奪っていた。

「うう……ん」

くぐもった声を上げる彼女。

「ちょ……カメラ」

柚月に注意されるが、気にせずキスを続けると扉の外から声が聞こえた。

「大丈夫ですか？」

多分消防隊員だろう。

その声に反応して柚月がパッと俺から離れ、慌てて衣服の乱れを直した。そんな彼女を横目で見ながら、扉の外に向かって声を張り上げた。

「大丈夫です」

それから、なにやら扉の外が騒がしくなる。

「もうちょっとキスしたかったのにな」

残念そうに言えば、柚月は「もう、馬鹿！」と声を潜めて怒った。

扉が開き消防隊員が入って来てようやくエレベーターの外に出る。

体調を聞かれた後、隊員に誘導されてビルの外に出るがもう停電は復旧したようだった。

一時間半エレベーターに閉じ込められて、柚月はげっそりした顔をしている。近くにあった自販機で水を買って、彼女に差し出した。

「喉カラカラだろ？」

「ありがと」

彼女は水を受け取ると、キャップを開けてゴクゴクと飲む。

不安や焦りで喉が渇いていたのだろう。

「前園も」

柚月は喉の渇きが癒やされたのか、俺に水を返す。

「ああ」

返事をして俺も水を口にする。

「さあて、これからどうする？　まだ焼肉行きたい？」

柚月の要望を確認すると、彼女は首を横に振った。

「なんか疲れちゃった。まっすぐ家に帰りたい」

「そんなに俺の家に帰りたいか？」

クスッと笑えば、すぐさま柚月は「違う！」と否定する。

「一般的な意味でよ。ねえ、このまま歩いて帰らない？　もっと外の空気吸っていたいの」

疲れた顔でそう主張する彼女の手を包み込むように握る。

「ずっと閉じ込められてたもんな。ちょっと時間はかかるけど、散歩がてら歩いて帰ろう」

ニコッと微笑んで柚月と一緒に歩き出す。

すると、彼女が空を見上げて言った。

「あっ、月」

「ホントだ」

彼女の声に反応して上を見れば、うちのビルの頭上にまん丸の月。普段は仕事の忙しさで空をのんびり眺める機会もないだけに、満月の静かな光に心が癒される。

いい気分転換になるな。

それにしても、一時的な停電でよかった。これが大地震ならもっと救助に時間がかかかっていただろう。それに、柚月がひとりではなく、自分と一緒の時に起こって幸いだったと思う。

マンションに着くとエレベーターの前で柚月が深い溜め息をつく。

「エレベーター恐怖症になりそう」

「じゃあ、階段で五十階まで上るか？」

俺の提案に彼女は思い切り顔をしかめた。

「それは勘弁して」

「大丈夫だ。なにか起こってもさっきのような手順で救出されるから」

ポンポンと柚月の肩を叩くが、彼女はうんざりしたような目で俺を見る。

「それ、なんの慰めにもなってない」

一緒にエレベーターに乗り込むと、彼女はまるで命綱のようにギュッと俺の手を掴んだ。

怖いと思う気持ちはよくわかる。

だが、都会で生活していればエレベーターに乗るのは避けられない。

「……自分のアパートが恋しい。エレベーターないし」

憔悴しきった顔でぼやく彼女に、ニコリと笑って告げる。

「柚月が望むなら一軒家買ってもいいけどな」

俺の発言にギョッとする彼女。

「止めて。前園なら本気で買いそう」

「へえ、もう冗談って言わないんだ？　やっと俺のお前への愛をわかってくれた？」

ニヤリとして言えば、しばし柚月は沈黙する。

そのままだんまりを決め込むかと思ったが、彼女は囁くように小さい声で返事をした。

「うん」

俺にとってそれは大きな一歩。

今まで彼女は俺が口説こうとしても全然本気にしなかったのだ。

エレベーターを降りると、鍵を開けて部屋に入る。玄関を上がると柚月はふいに俺のジャケットを掴んだ。

「今日は……ありがと。前園が一緒じゃなかったら私……どうなってたかわからない。それでね……」

「それで、なに？」

彼女と向き合い、先を促す。

「私……前園が好きだ」

曇りのない漆黒の瞳が俺を真っ直ぐに見つめている。

「そんな可愛いこと言われたら、もう自分を抑えられないな」

柚月の告白にカーッと身体が熱くなる。

彼女を抱き上げて自分のベッドに運ぶと、エアコンをつけてから自分もジャケットを脱いでベッドに上がる。

「前園？」

俺の行動に驚いて柚月は目を見開く。

「嫌だったら拒めよ。お前を抱きたい」

ネクタイを片手で外しながら、彼女の口を塞ぐ。

性急だと思ったが、自分でもこの衝動は止められない。

俺の中でなにかがはじけて理性がぶっ飛んだ。まるで獲物を捕らえた肉食動物のようだ。

興奮しているのか、心臓はバクバク。

キスをしながら彼女の服を脱がしていく。

拒絶されるかもしれないと思ったが、柚月は俺の首に両腕を絡めてきた。

「いいよ」

それからは熱い恋人の時間。

欲望に駆られるまま互いを求め、愛し合う。

そして、彼女に何度も囁いた。

「俺も柚月が好きだよ」

胸がざわつく

「次は終点、東京です」

新幹線の車内アナウンスが流れる。

お盆は実家に三日間帰省して、今帰りの新幹線の中。

家でゴロゴロしていると家の手伝いをさせられるので予定より一日早い。

「今回の帰省はめちゃくちゃ疲れたな」

頬杖をつきながらポツリと呟く。

実家にいる時は、お母さんに前園のことを根掘り葉掘り聞かれて参った。

おまけにあいつが帰省の前日に小さな封筒を渡してきて……。

『これ、柚月のご両親に。温泉宿の招待券もらったんだけど、俺八月は休み取れなくて遠出できないから』

うちの両親に渡したら、それは一泊十万円はする高級旅館の宿泊券でとても喜んでいた。

相変わらず前園は人の心を掴むのが上手い。

両親はまだ会ってもいない前園にすっかり惚れ込んでいる。

うちの母親なんかイケメン大好物だし、本人に会ったら、キャーキャー騒ぐだろうな。


エレベーターに閉じ込められたあの日の夜、互いの思いを伝え合い、私と前園は恋人同士になった。

それであいつのマンションにそのまま住まわせてもらっている。

アパートは九月末に解約予定。

前園は『すぐに引っ越して来い』と言うが、この関係がいつまで続くかわからない。

だから返事は保留中だ。

会社では普通にしているけど、エレベーターの閉じ込め事件もあって、私と前園が付き合っているというニュースは一気に広まってしまった。

美希ちゃんは『結婚式のブーケは私に下さいね』って嬉しそうだけど、片桐君は相変わらず私と前園との交際には難色を示している。

『まだ間に合います。僕にしておいた方がいいですよ』

彼の発言はもう挨拶代わりになっていて適当にかわせるからまだいい。

厄介なのは、営業部の白石さんだ。

『いい気にならないで下さいね。私、絶対に諦めませんから』

白石さんはそう言って、廊下ですれ違うたびに宣戦布告してくる。それで私がなにか言い返そうとしたら、さっさと逃げてしまうのだ。

あ～、ストレスが溜まる。モテる男と付き合うって大変。

やっかみや陰口は覚悟しなければならない。

朱莉も昔高野のファンから嫌がらせを受けてたっけ。あの時は私と高野で上手く処理したんだよね。

人のことだとテキパキ動けるのに、自分のことだと躊躇してしまう。私の悪い癖だ。

まあ、実害があるわけでもないし、私が我慢していれば済む。

それに、白石さんが前園にアプローチしたとして、それをどうするか決めるのは私ではない。前園自身だ。

前園との関係は今のところ上手くいっている。彼の家で一緒に過ごす時間がとても楽しい。

他愛もない話をしながら一緒に料理したり、テレビドラマを観たり……。

特別なことをしていなくても心がウキウキして、幸せを感じる。

好きな人といることがこんなにハッピーだなんて、今まで知らなかった。

大事にされているのも実感している。

帰省している時だって、【今日はこれから飛行機で大阪《おおさか》】とか【今日は接待でまだ料亭】とかマメにラインをくれた。

【明日は朝早いから六時に起こして】なんて甘えた文を送って来たりもする。

そんなメッセージを見て微笑む自分がいるのだ。

だから、逆に怖い。

私……恋に浮かれすぎていないだろうか？

ひとりになった時、急に不安に襲われる。

適度な距離を保って付き合った方がいいんじゃない？　ずっと一緒にいたらそのうち飽きられるかも。男の人はひとりになる時間も必要だってテレビかなにかで言ってた気がするし。

前園には明日東京に戻ると伝えてある。

マンションの鍵はもらっているが、今の私は居候だ。

いきなり今日行ったら迷惑だろうな。彼は仕事だし、アパートに帰った方がいいだろう。

また水漏れの危険はあるが、徐々に引っ越しの準備をしなくちゃいけないし、少し自分の頭を冷やしたい。

よくよく考えると、今の生活は前園に依存している。付き合うって言っても家族じゃないのだ。甘えすぎは禁物。

そう結論づけて新幹線を降りる準備をしていたら、手に持っていたスマホがブルブル震えて前園からラインが届いた。

【もうすぐ東京駅に着くだろ？　八重洲口の改札で待ってるから】

そのメッセージに驚きを隠せない。

【なんで私が今日帰るって知ってるの？】

すぐに文字を打ち込むと間を置かずに返事が来た。

【柚月のお母さんが電話で知らせてくれた】

お母さんが前園に電話？

【え？　前園の電話番号なんてお母さんに教えてないけど】

【温泉宿の招待券入れた封筒に俺の名刺を入れておいたんだ】

……前園の策略を感じるんですけど。お母さんの番号をゲットしたくて名刺入れたし。

うちの母と勝手にコンタクトを取られるのは困る。前も私のスマホで母と喋ってたんじゃない？

【じゃあ、また後で】

またメッセージが来て、ハーッと溜め息をつく。

お母さんが連絡したからわざわざ迎えに来たのかな。

時刻は午後六時三十五分。

新幹線がホームに到着し、スーツケースを持って前園が指定した改札へ向かう。

改札は混み合っていたが、前園がどこにいるかはすぐにわかった。

彼の周りだけ異空間というか……神々しい。

ダークグレーのスーツを身に纏ったその姿はモデル顔負け。端整な甘いマスクは周囲の女性を魅了する。

そばを通る人は皆前園を振り返り、そのままうっとりと見ている女の子もいる。

まあ、あんな美形なかなかいないもんね。

前園が私を見つけて微笑んだ。それを見て嬉しくなる。

やっぱり好きなんだな、私。

改札を通ると、人波に流されないよう前園が私の手を握り、もう片方の手から荷物を奪った。

「こっち」

三日ぶりに聞くその声にドキッ。

彼が人通りの少ない方へ行くので、思わず声をかけた。

「電車で帰るんじゃないの？　中央線のホームあっちだよ」

ホームの方を指差せば、前園は小さく笑った。

「車駐車場に停めてるから」

「そうなんだ。でも、私予定より早く帰って来たし、前園のマンションに行ったら迷惑じゃない？」

足を止めて聞けば、前園は不機嫌そうに目を細めて言った。

「マンションに行ったら？　迷惑？」

うっ、怖いよ、その目。なんでそんな怒るの？

ポカンとする私の頭を前園はコンと軽く叩く。

「なに他人行儀なこと言ってんだよ。俺達結婚前提で付き合ってて、もう婚約してるようなもんだろ？」

「え？　そうなの？」

キョトンとする私に、前園は盛大な溜め息をついた。

「この鈍感。俺の親父にだって結婚する人だって紹介したし、お前のお母さんにだって電話でだけどちゃんと挨拶しただろうが」

言われてみればそうだけど、はっきり結婚前提とか婚約したとか宣言はしていない。

「……ああ」

取りあえず頷いてみせたが、前園は気に入らなかったようでジトッと私を見据えた。

「なにその反応の薄さ？　お前がそんなだと俺も強硬手段に出るけど」

「きょ……強硬手段って？」

おどおどしながら聞けば、前園はダークな笑みを浮かべた。

「明日にでも引っ越し業者呼んで、お前のアパートの荷物全部うちに運ばせる」

「ちょ……落ち着いて。私達、付き合い始めたばっかりだよ」

前園の発言に慌てる私。

「落ち着くのはお前の方だ。ほら、こんなところで言い合ってても時間の無駄だし、帰るぞ、うちへ」

『うちへ』を強調してニヤリとすると、前園はスタスタと歩き出す。

小走りで追いかけながら、彼に確認した。

「ねえ、引っ越し業者勝手に手配しないよね？」

「それはお前の態度次第」

前園は意地悪く答えた。

それから車でマンションに帰ると、スーツケースを開け、母から預かった土産をリビングで渡す。

「これ、うちのお母さんが前園にって」

「福井の地酒？」

彼はビニール袋から箱を取り出し、興味深げに眺めると、私に目を向けた。

「そう。数量限定の人気のお酒みたいだよ。私は日本酒飲めないけど、前園は飲めるよね？」

彼の目を見て頷き、ニコッと笑う。

「ああ。大事にいただくよ」

前園は嬉しそうに笑うと、キッチンにお酒を持って行った。

その時、窓の方からドン、ドンと音がしてビクッとする。

「なにこの音？」

窓の方を振り向けば、綺麗な花火が上がっていた。

「うわ〜、なにこれ、凄い‼」

窓に手をつき、歓声を上げる私。

「今日は花火大会なんだ。エレベーターで酷い経験はしたけど、高層階だとこういう楽しみもある」

前園がこちらにやって来て背後から私を抱きしめた。

広い夜空に大輪の花が咲く。

赤、黄、青、緑……色とりどりの花。なんて綺麗なんだろう。

「とっても贅沢だね。電車に乗らなくても、場所取りしなくても、こんな特等席で花火が見られるんだもん」

しかも、五十階だと目の前に障害物がない。花火を見て一気に疲れが吹き飛んだ。

「綺麗だな」

前園が私の耳元で囁く。

しばらくふたりで眺めていたら、ピンポーンとインターホンの音がした。

「ああ、いいタイミングで来たな」

前園はニヤリとすると、私から離れて、マンションのエントランスのロックを解除する。

今度は玄関のインターホンが鳴り、彼は玄関へ向かった。

なにか荷物でも届いたのかな？

そんなことを考えながら花火を見ていたら、前園が戻って来た。

その手に持っているのは寿司桶。

「わあ、お寿司頼んだんだ？　とっても美味しそ～！」

お寿司を見て大はしゃぎした。

「花火見ながら食べられるし、最高だろ？」

テーブルにお寿司を置いて微笑む前園を、パチパチ手を叩いて褒め称える。

「うん、うん、前園、さすが！」

そんな私に前園は疑いの眼差しを向けた。

「お前、酔ってないよな？　テンションがいつもと違う」

「だってお寿司大好きなんだもん。東京にいると、回転寿司以外のお寿司屋さんなんかあんまり縁がないし」

「花火より喜んでないか？　柚月は、花より団子だな」

ハハッと前園が声を上げて笑う。

「失礼ね。私はちゃんと美しい物も愛でるわよ」

わざと睨みつければ、「どうだか？」と彼は首を傾げてみせた。

そんなやり取りに、東京に戻って来たんだと実感する。

前園はグラスを持って来て、お土産の地酒を注いだ。

「柚月はなに飲む？」

「私は温かい緑茶にしよう」

キッチンで湯のみにお茶を入れてリビングに戻ると、ふたりで「いただきます」をしてお寿司を食べ始める。

「うーん、この中トロ最高！」

あまりの美味しさに悶絶してしまった。

「この酒も上手いよ。飲んでみるか？」

ニコリと笑って前園が勧めるが、前のワインの失態が頭をよぎって悩む。そんな私の心を見透かしたように、前園は企み顔で微笑んだ。

「じゃあ、味見だけ」

と、前園はテーブルに身を乗り出し、私にその秀麗な顔を近づけ口づける。

日本酒の匂いがほのかに香ったかと思ったら、爽やかでドライな味が口の中に広がった。
　味見ってそういうこと？
　驚きで目を丸くする私を見て、前園の目は満足げに光った。
「美味しいか？」
　前園の質問に黙って頷く。
　だけど、少し考えて、「……もっとお酒ちょーだい」とはにかみながらねだった。
　お酒がほしいというのは口実。
　ホントはもっとキスしてほしかったのだ。
「仰《おお》せのままに」
　甘い微笑を浮かべ、再び前園はキスをした。
　お酒は辛口なのに、甘く感じてしまうのはどうしてだろう。
　ボンと大きな音を立てて花火が上がった。火の粉が夜空を彩る。
　フィナーレに向けて花火が何発も上がった。
　目に映るその光景はまるで幻のように儚《はかな》く美しい。
「綺麗……。でも、もうすぐ終わるのかあ」
　少しがっかりする私に、前園は優しい目をして告げた。

「また来年も見られるさ」


「あっ、来月から二週間ほど、アメリカ出張なんだ」

次の週、朝食を食べていたら前園が思い出したように言った。

二週間って結構長いな。

家主の前園がいないのに、このマンションにいるのはなんだか悪い気がする。前園が不在の間は自分のアパートに帰ろうかな。

そんな私の考えを読んだのか、前園は先手を打つ。

「俺がいない間もここに帰ること。アパートに戻るなよ」

なんでこいつはこんなに鋭いのだろう。

「……はい」

仕方なく返事をするが、前園は不審顔。

「その返事。怪しいな」

「信用ないな。ちゃんとお留守番してるよ。でも、二週間って長いね」

「展示会や病院の視察とかいろいろあってな。俺がいないと寂しいか?」

前園はニヤニヤ顔で聞いてくる。

「全然。アメリカへはひとりで行くの？」

「いや、牧や白石さんも一緒だ」

白石さんの名前が出てきて胸がざわついた。

彼女も一緒に行くのか。ホテルもきっと同じだよね。

「柚月？　どうかしたか？」

前園の声でハッと我に返る。

「な、なんでもない。お土産になに買って来てもらおうかって考えてただけ。可愛いテディベアとかあったら欲しいなあ。小さいのでいいから」

とっさに言い繕うが、顔が引きつった。白石さんのことを前園に言っても仕方がない。

「テディベアか。そういえば、アパートの鍵についてたキーホルダーもクマだったな」

前園はニヤッとする。

きっと、秘書室で私に鍵を返した時のことを思い出しているのだろう。

あの時言い訳するの大変だったんだから！

「昔からテディベアが好きなの」

沸々と怒りがこみ上げてきてムッとしながら言うが、前園は気にした様子もなくにこやかだ。

「探してみるよ。もっと高い物頼めばいいのに、欲がないな」

「あら、私の趣味にケチつける気？」

挑戦的な目で言えば、前園はフッと笑った。

「いいや。意外性があって可愛いよ」

その言葉に赤面してしまう。

『可愛い』……なんて今まで言われたことあっただろうか？

さっきまでイライラしてたのに、今は……なんだか恥ずかしくて照れる。

もう戦意喪失っていうか、やっぱこいつには敵わない。

それからふたりで出勤すると、エレベーターで白石さんに会った。

挨拶は交わすが、私の存在を無視してエレベーターの中で前園に業務の確認をする。

なんだろう、このアウェイな感じ。

その後、少し憂鬱な気分でいたら、またトイレで彼女に遭遇した。

なにか言われると思って警戒していると、案の定彼女は私に意地悪く告げた。

「来月、前園さんと一緒にアメリカに行くんです。藤宮さんから絶対に奪ってみせますから」

早くあなたに会いたい

【今、牧達と夕飯食べてホテルの部屋に戻って来たところ】

お昼休み、美希ちゃんと片桐君と一緒に自席でお昼ご飯を食べていたら、シカゴにいる前園からラインが届いた。

シカゴとの時差は十四時間で、今向こうは夜の十時くらい。

夕飯の時の写真も添付されていて、前園は穏やかな笑顔で、牧くんは両手でピースサイン、そして、白石さんが右端の方で真面目な顔で写っている。

その写真を見て胸がモヤモヤした。

だが、既読がついているだろうし、なにもメッセージを送らないわけにはいかない。

前園はこっちがお昼休みだってわかっている。

【私は今、自席でサンドイッチ食べてる】

さっと文だけ打ち込んだ。

前園がアメリカに出張に行ってから一週間。

仕事が終われば、前園のマンションにひとりで帰る生活。単調で、一日がとても長く感じる。家主はいないし、部屋が広過ぎてどこにいたらいいのかわからない。

当然のことながら食事も寝るのもひとり。あいつとの他愛もないお喋りもない。ひとり暮らしをしていた時よりも孤独を感じた。

前園がいないだけで、こんなに寂しいなんて思わなかったな。

いつの間にかあいつのいる生活にすっかり慣れっこになっていた。

「柚月先輩、じっとスマホ見てどうしたんですか？　ひょっとして、前園さんからラインでも届きました？」

美希ちゃんはニヤニヤしている。

「まあね」

苦笑いしながら答えたら、向かい側の席にいる彼女は身を乗り出して私のスマホを見た。

「あ〜、写真も添付されてる。相変わらず、前園さん、いい男ですね。牧がかわいそうになってくる。ん？　白石さんも同行してるんだ？」

「なんかそうみたいだね」

他人事のように返すが、本当は凄く気になっていた。

「白石さん、前園さんのこと狙ってるみたいですからね。先輩、気をつけて下さいよ」

すでに白石さんに宣戦布告されたよ。

美希ちゃんの忠告にハハッと乾いた笑いを浮かべたら、また前園からラインが来た。

【柚月の写真はないの？】

……なに要求してんの、この男は。

「あっ、前園さんから写真の催促が来ましたよ。送ってあげないと」

美希ちゃんもメッセージに気付いて私を急かす。

「そんなの送らないよ」

恥ずかしいし。

手を左右に振って拒否すれば、美希ちゃんは私のスマホを私の横にいる片桐君に手渡した。

「さあ、片桐君、私達を撮って」

「はいはい」

彼は仕方なく返事をして、スマホを私と美希ちゃんに向ける。

「綺麗に撮ってよ」

美希ちゃんの要求に、片桐君は意地悪く言った。

「ありのままの姿しか撮れませんよ」

「片桐君、私達に喧嘩売ってる？」

美希ちゃんはギロリと睨みつけるが、彼は澄まし顔。

「いいえ。ほら、立花さん、その顔、鬼みたいですよ」

片桐君の指摘に美希ちゃんはハッとして笑顔を作る。

パシャッと写真を撮る音がすると、彼女はすぐに表情を変え、目を細めて彼に迫った。

「片桐君、女の子に鬼ってなんなの？」

彼は何食わぬ顔で彼女に言い返す。

「だって本当に鬼に見えたから。一応顔整ってるのに、そんなんだと彼氏できなくなりますよ」

「かーたーぎーりー！」

美希ちゃんは、鬼ババアのような低い掠《かす》れ声で彼を呼んだ。

まったく、このふたりは、毎日やり合ってるな。

「はーい、暴力はダメよ、美希ちゃん。片桐君も一応美希ちゃんが綺麗って言ってるからね。片桐君も怒らせるような言い方わざとしないの」

手をパンパン叩いてふたりの間に割って入ると、美希ちゃんは渋々自席に戻り、片桐君は私に「すみません」と素直に謝った。

「写真。いい感じで撮れましたよ」

私に顔を寄せて写真を見せる。

「片桐君、構図とか上手いね。インスタとかやってる？」

撮ってもらった写真を見ると、確かに私も美希ちゃんも綺麗に写っていた。

「いいえ。カメラは好きですけどね」

「そういや、朱莉と高野の結婚式の時、高そうな一眼レフカメラ持ってたっけ？」

「ええ。あれで風景とか撮るの好きなんですよ。じゃあ、藤宮さん、今度は僕とのツーショットいきますよ」

片桐君は、ニヤリ。

え？

私がリアクションを取る前に、彼は私の肩を親しげに抱いてパシャリと撮る。

「あ～、この驚いた顔の藤宮さん、可愛いですね。僕がこの写真貰いたいくらい。じゃあ、早速前園さんに送信っと」

ひとりご満悦の片桐君は、私が呆気に取られている間に人のスマホをパパッといじる。

「片桐君、今のはセクハラよ」

美希ちゃんが彼を注意する声で我に返った。

「あっ、ちょっ……片桐君、なにしてんの？」

慌ててスマホを取り戻そうとしたら、彼は黒い笑みを浮かべてラインの画面を私に見せる。

「だから、今前園さんに写真を送ってあげたんですよ」

何故か私とのツーショット写真だけを送った片桐君。

ギョッとして彼からスマホを取り戻したら、また前園からメッセージが来た。

【俺がいない間になに浮気してるんだよ】

【違う。かたぎっりくんんが勝手に】

すぐに弁解文を打ったが、焦りすぎて文字が変になってしまった。

【ラインが挙動不審じゃないか。冗談だよ】

前園の返信がまた来て、その文字が頭の中で声に変換される。

前園が笑ってる姿が目に浮かんだ。

あー、会いたいな。

彼のメッセージを見たら、自然と頬が緩んだ。

さっき美希ちゃんと撮った写真を前園に送ると、彼からコメントが。

【ふたり並んでると美人姉妹に見えるな】

【似てる？　私と美希ちゃん】

そんなことを言われたのは初めてだ。

顔の作りとか全然違うけど。

【ずっと一緒に仕事してるから表情が似てきたんじゃないか。あと、ちょっと柚月痩せた？】

前園が出張でいないから食欲がないなんて言えない。

【残暑が厳しくて食べる気しないの】

もっともらしい言い訳をしたら、前園がからかってきた。

【それ以上痩せるなよ。抱き心地が悪くなる】

そのメッセージに彼とベッドで抱き合う姿が頭にボッと浮かんで、顔の熱が急上昇する。

こっちは会社にいるのに、変な文を送って来ないでほしい。

【もう寝ろ！】

心の叫びをそのまま文字にして送れば、美希ちゃんがニヤリとして突っ込んで来た。

「柚月先輩、顔赤いですよ。前園さんからラブラブメッセージでも来ました？」

「き、来てないよ。ちょっと歯磨きしてくる」

うろたえながら否定すると、バッグからポーチを取り出し、トイレに急ぐ。

ここにいないのに、前園は私を激しく動揺させる。

「しっかりしろ、私」

トイレの鏡の前に立ち、頬を軽く叩いて活を入れた。

歯磨きと化粧直しをして秘書室に戻ると、社長の急な出張が入って対応に追われ、気がつけばもう午後八時。

最近食べていないせいか、身体はぐったり。

食事はいらないから、早くベッドで横になりたい。

秘書室に残っているのは、私と片桐君だけ。役員はもう帰ってしまって、片桐君はデスクワークに集中していた。

「藤宮さん、あとどれくらいで終わります？　なにか食べて帰りませんか？」

仕事が片付いたのか、片桐君はパソコンの電源を落として椅子から立ち上がった。

「今終わった。でも、イマイチ食欲ないんだよね」

固形のものを食べるのが苦痛だ。

私も席を立ち、書類をファイルしながら答えたら、彼は面白くなさそうな顔をする。

「それ、今週ずっと言ってますよ。前園さんがいなくてそんなに寂しいですか？」

「寂しくなんか……!?」

〝寂しくなんかない〟と返そうとするも、目の前に片桐君の顔があって驚きで最後まで言えなかった。

「俺、藤宮さんが好きなんです。本気ですよ」

彼が真剣な顔で告白する。

「じょ……冗談だよね？」

笑ってごまかそうとするが、彼は私との距離を詰めてきた。

後ずさりしたら、背中が壁にぶつかり行き場を失う。

「本気って言いましたよね？」

ドンと片桐君が壁に手をついて私を追い込んだ。

こ、これが〝壁ドン〟かあ。初めてされた……なんて感心している場合じゃない！

どうするの、私！

「あの……私……片桐君のことは……可愛い後輩にしか思えない」

気が動転しながら伝えるが、彼は納得してくれない。

「男に可愛いはないですよ」

片桐君は、ダークな笑みを浮かべる。その顔を見てゾクッとした。

いつの間にか一人称が『俺』になってしまった彼。

確かに、今はなんか怪しいオーラが出ていて可愛いとは言えない。

「片桐……君、キャラ……違う」

ビクビクする私を見据えると、彼は口角を上げて私の顎を捕らえる。

「こっちが素です」

片桐君の顔が迫って来て、思わず声を上げた。

「いやー！」

彼の顔を手で押さえ、顔を逸らす。

「無駄な抵抗ですよ。力で俺には勝てない」

片桐君は私の両手を掴んで封じ込める。

絶体絶命の大ピンチ。前園はいない。

「お、お願い、止めて」

懇願するが、彼は悪魔のように微笑んだ。

「大丈夫ですよ。優しくします。前園さんなんかよりもずっと。だから、藤宮さんも楽しみましょうよ」

「片桐君、止めて……」

助けを呼ぼうにも彼が怖くて叫べない。

前園～‼

心の中では来ないとわかっているのに必死にあいつに助けを求めた。

「その顔、凄くそそりますね」

片桐君は私の頬を撫でながら囁く。

いつの間にか身体が震えてきて、立っているのも精いっぱいだ。

このままだと彼に襲われる。

どうすればいい？　もう……逃げられない。

絶望しかけたその時、ガチャッと秘書室のドアが開いて、高野が飛び込んで来た。

私と片桐君を見て瞬時に状況を把握した高野は、片桐君の首根っこを掴んで投げ飛ばした。

「お前はなにしてんだ！」

声を荒らげて怒る高野を初めて見た。

投げ飛ばされた片桐君は、ガシャンと音を立てて机にぶつかる。

いる。

顔をしかめながらゆっくりと立ち上がる片桐君を、高野は険しい表情で睨みつけている。

「いってー」

「藤宮襲うなんてなに考えてるんだ！」

高野が責めると、片桐君は反発した。

「前園さんに奪われるのを指をくわえて見てろって？」

取っ組み合いになるふたり。

「襲うのは間違ってるだろ！」

怒鳴りつける高野に片桐君は逆ギレする。

「うるさい！　欲しいものは欲しいんだよ！」

「そんなんで人の心は手に入らないぞ。藤宮、こいつは俺に任せろ。ひとりで帰れるな？」

高野は片桐君をそう諭すと、次に私に目をやった。ショックで声が出なかったが、高野の目を見てコクコク頷く。

そして、震える手でバッグを掴み、小走りで秘書室を出ようとする私を片桐君は引き止めた。

「ねえ、藤宮さん、前園さんの正体知ってます？」

「正体？」

足を止めて聞き返せば、高野が「馬鹿、言うな！」と片桐君を止めようとする。

だが、片桐君は構わず、意地悪く告げた。

「知らないんですね。前園さんは、『前園製薬』の御曹司ですよ」

ドカンと雷に打たれたようなショックが私を襲う。

前園製薬は、日本一大きな製薬会社だ。

その会社の規模は『TAKANO』とは比ぶべくもなく、世界でも有数の大企業。

自分の身体を抱きしめるようにしてこの場を逃げ出し、会社を出た。

片桐君の落とした爆弾が私の胸をかき乱す。吐き気がするくらい気分が悪かった。

「前園が……前園製薬の御曹司。ハハッ……私、なにも知らなかった」

自虐的な笑みが込み上げてくる。

前園は……どうして私に教えてくれなかったのだろう？　結婚とか言ってたけど、本気じゃなかったのかな？

彼への信頼が一気に崩れる。

片桐君に襲われそうになったことよりも、前園の正体の方がショックだった。

思い当たる節はいくつもある。

あの豪華なマンション、あの立ち振る舞い、身につけているもの、前園の父親……。

今日は前園のマンションに帰る気になれず、電車に乗って自分のアパートに帰る。

水漏れのことはもう頭になかった。

前園から……彼のテリトリーから逃げたかった。

久々に帰ったアパートの郵便受けには、郵便物やチラシがいっぱい入っている。無造作にそれらを掴んで鍵を開けて部屋に入った。

時刻は午後九時半過ぎ。

水漏れしたせいか、カビ臭い。

エアコンをつけて換気していると、スマホがブルブルと震える音がした。バッグから取り出してみれば、前園からの着信。

ひょっとして高野から前園に連絡がいったのだろうか?

だけど、出たくない。

スマホをカーペットの上に放って無視する。

「私のことなんか放っておいて」

自分もカーペットに座り込み、髪をかき上げた。

前園製薬の御曹司なんて……絶対に無理だ。

うちは実家は農家だし、家柄が違いすぎる。

ハイスペックすぎるよ。

超優良物件と人は言うかもしれないが、世の中そんなに甘くない。結婚がゴールじゃないのだ。

新たな生活が結婚してから始まるわけで、御曹司となれば人付き合いも大変だろう。生活だって変わる。

高野と結婚した朱莉だって新しい環境に苦労していると思う。でも、高野がそばにいて守ってくれるから、一緒にいられるんじゃないかな。

好きなだけじゃダメだ。ふたりの信頼関係がないとてもじゃないけど上手くいかない。

頭の中は混乱している。胸が苦しくて痛くて……自分でもどうしていいのかわからなかった。

しばらくしてまたスマホのバイブ音がしたが、もう画面を見る気力もない。

見なくてもわかる。きっと前園だ。

なにが『素直に俺を好きになれ』よ。正体を知ってたら、この気持ちを凍らせたのに。

あんたは女ったらしじゃない。大泥棒よ。私の心をまんまと盗んだんだから……。

前園の電話に出る勇気があったら、そう言っただろう。

「お願いよ。私の心を返して」

胸が切なくて苦しい。あいつに裏切られたような気分だった。

自分の正体を伝えるほどには、私は前園に信用されていなかった。

そういうことだよね？　私だけ浮かれていたんだ。

「私って……馬鹿だよ……ね」

悲しくて、スーッと冷たい涙が頬をつたう。

その夜、私に眠りは訪れなかった。


辛いことがあっても朝は毎日やって来る。

平日は会社があるし、恋に疲れている場合じゃない。

次の日の朝、機械的に動いて会社に行く。

スマホに前園からのメッセージがあっても、見ないようにした。

秘書室の前に着いた時、昨夜の片桐君のことを思い出して入るのをためらう。

でも、美希ちゃんや他の秘書の子達の声が聞こえたので、いつもと変わらぬ様子で入って挨拶した。

「おはよう」

片桐君と一瞬目が合ったが、「おはようございます」と彼は表情も変えずに言ってすぐに目を逸らす。

彼の周りの空気が少しピリピリしているように感じた。

でも、どうしていいかわからない。

ドアの前で立ち止まったままの私に美希ちゃんがひまわりのような明るい笑顔で報告してくる。

「あっ、柚月先輩、社長今さっき来たので、お茶出しておきましたよ」

「うん、ありがと」

ニコッと笑顔を作ると、バッグを机の下に置いてパソコンを立ち上げた。

プライベートで悩んでいる暇なんてない。仕事しなきゃ……ね。

サッとメールを確認していたら、総務部長と高野に近くにある会議室に呼び出された。

「藤宮さん、そろそろ社長秘書業務をマニュアル化して、立花さんと片桐君に指導しておいてほしい。まあ、今後のこともあるしな」

総務部長が単刀直入に話を切り出す。

高野が社長になるのはまだまだ先だが、今後なにが起こるかわからない。私が病気で長期間休むかもしれないし、誰でも対応できるようにした方が自分としても安心だ。

話が終わると、高野に声をかけられた。

「藤宮、昨日のことなんだけど、翔太には俺からちゃんと言っておいたから、もう大丈夫だ。前園のことは……？」

「大丈夫。気にしてないから。仕事溜まってるし、行くわね」

前園の話なんて聞きたくない。

高野の言葉を遮って秘書室に戻ると、美希ちゃんが片桐君を締め上げていた。私を見て美希ちゃんは何事もなかったかのように自席に着き、私に話しかける。

「柚月先輩、今日ランチ、外に食べに行きましょう！」

「うーん……でも食欲ないんだよね」

断ろうとしたが、彼女は有無を言わせぬ笑顔で押し切った。

「先輩、食べに行きますからね」

「……はい」

彼女の勢いに負けて頷く。

結局、片桐君を締め上げていた理由を聞くタイミングを失ってしまった。

この日のランチで、美希ちゃんに片桐君と前園のことを洗いざらい吐かされた私。

「今朝、なにか片桐と柚月先輩の様子がおかしいと思ったんですよね」

彼女は鋭い。

多分午前中、彼を尋問していたのだろう。

でも……片桐君のこと呼び捨てじゃない？

「片桐のことは私がなんとかするんで大丈夫です」

美希ちゃんはにっこり微笑んで私を安心させようとするが、どうしても気になって突っ込んだ。

「あの……片桐君のこと呼び捨てにしてるのは？」

「別に『ポチ』でもいいんですけど。柚月先輩襲ったんだから、あんな奴『片桐』でいいんですよ」

彼女は口の端を上げ、目を光らせた。

なんか、めっちゃ怖いよ、美希ちゃん。彼女だけは怒らせないようにしなきゃ。

「ソウデスカ」

ブルッと震えながら相槌を打つと、彼女は急に優しい目をして私の目を見つめた。

「で、前園さんのことですけど、もっと信じてあげなきゃダメですよ。前園さんが前園製薬の御曹司だっていいじゃないですか」

「でも……」

反論しようとしたら、彼女にギロリと睨まれた。

「『でも』じゃない。前園さん、柚月先輩のことが心配で私に連絡くれたんですからね」

彼女の発言が信じられなくて聞き返した。

「前園が美希ちゃんに……？」

「柚月先輩が前園さんからの連絡、全部無視するからですよ。どうでもいい相手にそこまでやりません。愛されてるんですよ、柚月先輩。じゃあ、食べますか。うどん、冷めちゃう」

お説教が終わると、彼女はにっこり微笑む。

「前園さんから頼まれてるんです。柚月先輩がちゃんと食べるの監視するように。どんだけ愛されてるんですか」

美希ちゃんがいたずらっぽく笑った。

この時食べたうどんは、温かくて優しい味がした。

スーッと身体に沁み込んで、心まで温かくなる。この場にいない前園の存在を強く感じた。

お昼の後、あいつにドキドキしながら電話をかけた。

彼は私からの電話を待っていたのか、すぐに出る。

《お昼、ちゃんと食べたのか?》

その声に目頭が熱くなった。

私の一番聞きたかった声だ。

「うん。電話……出なくてごめん」

それに……いろいろ疑ってごめんなさい。

まずはちゃんと謝りたかった。

《俺も言ってなくてごめん。帰ったら他にも話したいことがあるんだ》

「うん、待ってる」

涙をこらえながら返事をする。

あなたに会いたい。

だから、早く帰って来て——。

早く彼女をこの手で抱きしめたい――健斗ｓｉｄｅ

ピピッ、ピピッとスマホのアラームが鳴る。手を伸ばしてスマホを指で操作し、アラームを解除した。

時刻は午前六時半。

ムクッとベッドから起き上がり、シャワーを浴びに行く。

アメリカに来てから一週間ほど経った。

ホテル生活は慣れているが、柚月がここにいないことに寂しさを感じる。熱いシャワーを浴びながら、東京にいる柚月に思いを馳せた。

日本は夜の八時半過ぎ。もう仕事を終えて帰宅しただろうか？

二週間は長い。俺の不在中、柚月のことを高野に頼んでおいた。遅くまで残業しないか心配だったし、片桐のことも気になったからだ。

片桐は柚月に気がある。俺がいないこの出張中、柚月になにかアクションを起こすかもしれない。片桐にとってみれば最大のチャンスだ。

シャワーを終えて寝室に戻り、スマホを手に取ると高野からメッセージが入っていた。

妙な胸騒ぎがしてすぐにラインを開く。その文面を見て思わず唇を噛んだ。

内容は、片桐が柚月を襲い、間一髪のところで高野がそれを止めたというものだった。

俺の正体もその時片桐が柚月にバラしたらしい。

「片桐の奴……」

胸にドス黒い感情が湧き上がってくるが、次の高野のメッセージを見てハッとする。

【藤宮は帰宅したが、かなりショックを受けていると思う。連絡してやれよ。翔太のことは俺がなんとかするから心配するな】

そうだな。柚月のケアが最優先だ。片桐への制裁なんていつでもいい。

柚月は片桐に襲われて怖かったに違いない。その上、俺の正体を知ったんだ。精神的にかなりのダメージを受けたはず。

【高野がいて助かった。ありがとう】

手短に高野にメッセージを打つと、今度は柚月に電話をかけた。だが、彼女は電話に出ない。

少し時間をおいてまたかけたが呼び出し音が虚しく鳴り響くだけ。仕方なくラインにメッセージを送るも既読にすらならない。これは彼女に避けられていると思った。

片桐が話す前に言っておけば……と後悔せずにはいられない。だが、まずは俺自身のことを彼女に知ってもらいたかった。

『TAKANO』でだって前園製薬の御曹司としてではなく、ただの前園健斗としてずっと働いてきた。コネは使わず、実力で勝負してきたんだ。

それに、柚月と心が通じ合ったのは最近のことだし、もう少し彼女の信頼を得てからと思っていた。

「柚月に距離を置かれたくなかったんだよな。俺ってヘタレなのかも」

ハハッと自嘲する。

今まであいつの俺に対する偏見は酷かった。俺の気持ちを認めてもらうのも結構大変で。とは言っても、今の柚月に伝えたら言い訳にしか聞こえないだろう。彼女のことが心配だった。

柚月のもとにすぐに行けないのがもどかしい。電話やラインじゃ、彼女を捕まえられない。

ちゃんと食べているのか？　ちゃんと眠れているのか？

柚月のことが気になって、立花さんにメールを打つ。

立花さんは柚月の近くにいるし、信頼されている。

柚月ともめていて連絡が取れないことを説明し、もし落ち込んでいるなら元気づけてやってほしいと頼んだ。

最近、柚月の食欲が落ちているし、これ以上食べなくなったらそのうち倒れてしまうかもしれない。

【ちゃんと食べるかも監視してくれると助かる】

最後にそう締めくくると、メールを送信した。

すると、立花さんからすぐに返信が届いた。

【ご安心下さい。王子がいない間、姫は私がお守りしますよ】

その頼もしいメッセージを見て少し心が落ち着いた。

柚月はホントいい後輩に恵まれたな。

それから、日中は牧と白石さんと一緒にシカゴの病院を回ってスケジュールをこなし、夕飯を外で食べて夜ホテルの部屋に戻る。

時刻は午後十時過ぎ。日本はちょうどお昼の時間だ。

いつもなら柚月にラインを送るのだが、今日は送らなかった。送っても彼女はきっと無視する。今は立花さんに任せておく方が賢明だ。

部屋の右端にあるデスクにノートパソコンを広げて今日回った病院のレポートを作成する。

一時間近く作業をしていたら、スマホが鳴った。

これは柚月の着信音。慌ててスマホを手に取り、電話に出ると、優しく声をかけた。

「お昼、ちゃんと食べたのか？」

数秒の間の後、柚月が答える。

《うん。電話……出なくてごめん》

彼女らしくないか細い声。

精神的にも肉体的にも相当参っているんだと思った。でも、こうして電話をかけてきたのはいい兆候。俺と向き合う気があるということで……。

「俺も言ってなくてごめん。帰ったら他にも話したいことがあるんだ」

自分の正体について話してなかったことを謝る。

それに、俺が『ＴＡＫＡＮＯ』を辞めることもちゃんと伝えなくてはいけない。それは、柚月の未来にも大きく関わること。だが、電話でなく、彼女の目を見て話をしたい。

社長や高野には俺の意思を伝えてあるが、柚月の説得には少し時間がかかるかもしれない。彼女にも『TAKANO』を辞めて俺についてきてもらいたいのだ。

《うん、待ってる》

柚月の言葉を聞いて、胸が苦しくてギュッとなる。

早く彼女のもとに帰りたい。そして、この手で彼女を抱きしめたい。

出張がこんなに辛く思えたのは初めてだ。いつの間にか、柚月は自分の一部になっていたのかもしれない。彼女がいないと心が満たされないのだ。

向こうも仕事があってすぐに電話を切ったが、心は柚月に繋がれたままのような気がした。

彼女も仕事を頑張っている。

「俺も柚月に笑われないようにしっかり仕事しないとな」

スマホをデスクの上に置くと、また作業に戻る。十分ほど作業をしていたら、部屋のインターホンが鳴った。

誰だ？と思いながら、ドアまで行き英語で「なにか？」と尋ねる。すると、白石さんの声がした。

「前園さん、すみません。お話があって」

その切羽詰まったような声が気になり、すぐにドアを開けて彼女に声をかける。

「なにかあったのか？」

「仕事のことではないんですが、どうしても伝えておきたいことがあって……」

俺から視線を逸らして答える彼女。

なんだか落ち着きがない。その様子を見てピンときた。

これは……俺に告りに来たか。

「バーかラウンジで話そう」

経験からわかっていた。部屋に入れたらロクなことにならない。

ドアを閉めて白石さんにそう提案するが、彼女は少し不満そうに言った。

「部屋には……入れてもらえないんですね」

「ホテルの部屋に男の上司と女の部下が一緒にいるのはマズイだろ？」

やんわりと指摘すると、彼女はカッと目を見開いて俺を見た。

「私は気にしません！」

声を荒らげる彼女に、「シッ！」と声を潜めて注意し、数メートル先のエレベーターホールまで連れて行く。

「俺が気にする。付き合ってる人がいるから」

じっと白石さんを見据え、穏やかな声で伝える。彼女は少し興奮していて落ち着かせる必要があった。

「それって藤宮さんのことですよね？」

白石さんは強い口調で確認してくる。

「ああ、そうだよ」

柚月とのことを隠すつもりはないし、白石さんの目を見てしっかりと頷いた。すると、彼女は悔しそうに顔を歪める。

「藤宮さんのどこがいいんですか！　仕事はできるけど、気が強そうだし、プライド高そうだし、前園さんに相応しいとは思えません！」

白石さんの発言に憤りを感じたが、努めて冷静に返した。

「俺が誰と付き合おうと君には関係ないけど」

その俺の言葉が気に入らなかったのか、彼女はギュッと拳を握って言い放つ。

「関係あります！　私……前園さんが好きなんです」

白石さんの告白を冷めた目で見る自分がいる。まったく心が揺れない。

「俺には藤宮がいる。君とは付き合えないよ」

きっぱり断ってひとり部屋に戻ろうとするも、そんな俺を引き留めるかのように彼女は俺に抱きついた。

「諦めきれません！　入社した時からずっと好きなんです」

「気持ちは嬉しいけど、俺は君のことを部下以上には思えない」

白石さんを引き剥がすが、今度は俺のシャツを強く掴む。

「だったら、アメリカ出張の間だけでいい。私を抱いて下さい！」

俺を振り向かせようと必死になっているが、こっちは余計に白けてきて「早く部屋に戻れ」と追い返したくなった。

「俺も軽く見られたものだな。藤宮がいるのに、他の女に手を出すと？　部下には信頼されていると思っていたが……」

白石さんの手を無造作に外して深い溜め息をつくと、彼女は戸惑うように俺の顔を見た。

「前園……さ……ん？」

「たとえ白石さんが俺のベッドで寝ていたとしても、俺は抱かない。俺が愛しているのは藤宮だけだから」

はっきり突っ撥ねると、白石さんは傷ついた顔をした。

「まだ俺の言ったことに納得できないようなら、明日荷物をまとめてひとり東京に戻れ」

冷ややかに告げ、白石さんをその場に残して自分の部屋に戻る。

冷たい男と思われたかもしれない。

だが、優しい言葉をかければ、白石さんのようなタイプは俺が気があると勘違いする。

こっ酷く振った方が彼女のためだし、俺も柚月を裏切りたくなかった。

俺には彼女しかいないし、彼女しか愛せない。

次の日、白石さんは東京に戻るかと思ったが、朝食の時間、いつものように俺と牧のいるテーブルにやって来た。

「おっ、白石、おはよう」

牧が手をあげて挨拶すると、彼女はクールに返す。

「おはようございます。牧さん、また寝癖ついてますよ」

「これは、こういうヘアスタイルなんだよ」

牧が訂正するも、白石さんはスルーして俺に目を向けた。

「前園さん、おはようございます」

ちょっと彼女の様子がぎこちなかったが、俺は普通に笑顔で挨拶した。

「おはよう」

特別扱いも、軽蔑もしない。それが、俺の彼女へのスタンス。

牧はそんな俺と彼女とのやり取りでなにか感じたのか、いつも以上にボケた。

「あっ、コーヒーにマスタード入れちゃったよ」

牧はペロッと舌を出して顔をしかめる。

「牧さん、責任持って全部飲んで下さい」

真顔で言う彼女の無茶振りに牧は青ざめ、俺に助けを求めた。

「白石、酷い。なんの罰ゲームだよ。前園さんからも言ってやって下さいよ」

「牧の負け。先輩のお前が白石さんにからかわれてどうする?」

ハハッと笑ってウェイターを呼ぶと、こいつのコーヒーを頼み直した。

牧がいるから大丈夫だな。

白石さんも彼が場を和ませるためにわざとやったとわかっている。

俺がいつ辞めても、こいつが営業部のみんなを支えていくだろう。

そのことにホッとした。

シカゴでの予定を無事に終え、土曜日の朝空港に向かった。

ひとりの出張の時は自分のマイルを使ってビジネスクラスにランクアップするのだ

が、今回は牧達と同じエコノミーにした。

飛行機に搭乗し、非常口付近の中央のシートに通路側から俺、牧、白石さんの順で座る。

ビジネスと比べれば前後の間隔が狭くてシートも硬いが、前に座席がなくて足が伸ばせた。

手荷物を上の棚に入れると、スマホを取り出して柚月にラインする。

【今、飛行機に乗った。これから帰るよ】

日本は夜中。

柚月は寝ていると思ったが、しばらくして返事が来た。

【私はこれから寝るとこ。気をつけて帰って来て。成田空港に迎えに行くよ】

その文面を見てつい頬が緩む。きっと俺からの連絡を待っていたに違いない。

隣に座った牧がそんな俺を見て顔をニヤニヤさせた。

「藤宮さんにラインですか？　マメですね」

「ああ。まだ起きてたみたいで、成田空港に迎えに来るってさ」

「彼女持ちはいいですね。白石、俺達は成田着いたら仲よくふたりで帰ろうな」

牧の誘いを彼女は冷ややかに断る。

「ひとりでどうぞ。私、静かに帰りたいんです」

「白石、冷たくない？　俺、この出張でも凄く優しくしてやったのにな」

ううっとわざと泣き真似をする牧に、白石さんのレーザービームのような鋭い視線が突き刺さった。

「他人が聞いたら誤解を招くような発言しないで下さい」

「はい、すんません」

牧はしょんぼりして謝る。

こいつの春は当分先だな。

フッと笑うと、こちらにやって来たＣＡに新聞を頼んだ。

飛行機は定刻通りに出発した。フライトは順調。途中寝ようと思ったが、牧のお喋りに捕まった。

「昨日、俺、ブランドの店で初めて時計買ったんですよ。夏のボーナス全部使い果たしました」

そう説明する牧の左手には有名ブランドの腕時計がキラリと光っている。

「全部って……お前、ちゃんと貯金とかしてるのか？」

「そこそこですかね。前園さんも、昨日ブランド店の紙袋持ってましたね。あと、クマのぬいぐるみ買ってませんでした？」

牧の話にギョッとする。

……めざとい。

素早く買い物を済ませたつもりなのに、見られていたとは思わなかった。

苦笑いしながら答えるが、それ以上の情報は与えない。柚月がクマ好きとか言ったら、次の日には会社中に広まっているだろう。もうひとつの買い物の方がもっと重要だったが、その中身は絶対に秘密だ。

「まあ、彼女にな」

「前園さんて意外に溺愛派なんですね。お土産買って帰るタイプに見えない」

大袈裟に驚いてみせる牧の言葉に小さく笑った。

「俺が一番驚いてるよ」

彼女ナシの人生なんて考えられず、逃げられないよう結婚に向けて外堀を埋めていってるんだから。

あと一時間で成田というところで急に空調が止まった。機内がムシムシしてきて、空調の不具合とのアナウンスが流れる。

額に汗が滲み、俺達の一列後方の窓際の席にいる赤ちゃんもこの暑さに参ったのか大泣き。お母さんが抱いて必死にあやすも、赤ちゃんは泣き止まない。

周囲の目を気にしてお母さんは席を立つが、その時前の席にいた三十代くらいの大柄な男性が突然その親子に襲いかかった。

「うるせえんだよ！」

怒鳴り声を上げながら母親の頭を殴る男。母親は「キャー」と叫び、前屈みで子供を守る。

慌てて俺は席を立ち、背後から男の両腕を押さえつけた。

「逃げて！」

母親に声をかけるが、男は大暴れして俺の腕を振り払うと、息を整えながら血走った目で俺を見据えた。

騒然とする機内。

閉鎖空間で周囲にいる乗客は逃げ惑っている。

だが、枚や白石さんは呆然とした様子で俺と男を見ていた。

「牧、白石さん連れてここから離れろ！」

牧に向かって声を張り上げると、男は拳を握って俺に向かってくる。

「邪魔するな！」

「正気になれ！」

そう説得しながら腕を盾にして相手の攻撃を防ぐが、やり合ってるうちに腕をなにかで傷つけられた。

皮膚が十センチほど抉られ、血がポタポタと腕から滴り落ちる。

それを見た白石さんの「キャー」という悲鳴が聞こえた。

よくよく相手の手を見てみると、なにか金属のようなものを握っている。形状からすると鍵……のような。

素手と思って油断した。それに、相手は大柄だが結構俊敏な動きをする。

最近、俺ってトラブル続きだな。

自虐的になりつつも、男を睨みつけて急所に蹴りを入れた。

こんなところで死ねるか。俺には彼女に伝えなきゃいけないことがある。

柚月のもとへ帰るんだ。

絶対に――。

「うっ！」

男は顔を歪めるが、また俺に手を振り上げて襲って来た。

幸せは近くにある

「柚月先輩、そろそろ起きて下さい。空港にお迎えに行くんでしょう？　もう十一時ですよ」

十一時～⁉

美希ちゃんの声で飛び起きる。

「嘘！　もうそんな時間？」

今日成田に行くって前園にラインしたのだ。あいつが成田に到着するのは午後三時過ぎ。

ボサボサの髪をかき上げると、布団から出た。

美希ちゃんに前園のことでお説教された日から、彼女の家にずっと泊まっている。

彼女のアパートは荻窪《おぎくぼ》にあって私と同じ沿線だ。

間取りはうちと同じ一K。美希ちゃんのベッドの横に布団を敷いて寝ている。

毎晩ガールズトークしながら寝て、それで気が紛れるのか前園ロスで眠れないということはなくなった。

食欲不振は少し改善されて、美希ちゃんの監視下で一日三食ちゃんと食べている。

片桐君はというと、少し距離を置いて私に接してくる。

多分、彼も私に襲いかかったことを後悔しているのだろう。たまに私に声をかけて、なにか言おうとして止めてしまうのだ。

美希ちゃんはそんな彼と私が気まずくならないよう上手く立ち回ってくれている。

「美希ちゃん、ごめん。こんなに寝ちゃって」

前園のラインを待って寝たからだあ。

手を合わせて謝ったら、彼女は笑った。

「気にしないで下さいね。私もさっき起きたんですよ」

美希ちゃんはそう言うが、キッチンの方から甘い匂いが漂ってくる。

「でも……なんか美味しい匂いがするよ」

さっき起きたんじゃないよね。

私がそう言うと、彼女はとびきりの笑顔で微笑んだ。

「うふふ。休日だし、ホットケーキ作ってみました～」

「わー、美希ちゃん大好き。嫁にしたい」

彼女と同じテンションではしゃぎ、ガバッとその華奢な身体に抱きつく。

「言う相手間違ってますよ。そういう告白は前園さんに言わないと」

いたずらっぽく目を光らせて私を注意する彼女から離れ、ボソッと呟いた。

「一応……言ったよ。エレベーターの中に閉じ込められた日に」

私の言葉に美希ちゃんは興奮する。

「あの事件で先輩達社内公認になりましたよね。あ〜、私もカッコいい人とエレベーターに閉じ込められたい」

「そんな夢見る乙女の顔で言わないで。実際閉じ込められたらもの凄い恐怖だからね。今もエレベーター乗るのちょっと怖いし」

あの時の恐怖が甦り、背筋がゾクッとした。

「でも、前園さんってその時とても冷静だったんでしょう？」

非常時の対応が凄かったな。

あいつがいるだけでこっちも安心できる。

美希ちゃんの問いにあの時の前園を思い出しながら頷いた。

「うん、終始落ち着いてたね」

「なんというか、人間のできが違いますね」

前園ファンの美希ちゃんはあいつを褒め称える。

「完璧人間なのよ、あいつ。朝フレンチトーストとかサッと作っちゃったり、できないことがないよね。きっと手芸とかも教本があればプロ並みにやると思う」

ちょっとやればなんでも極める奴だ。

私はどちらかというとコツコツやるタイプだし、前園が羨ましくて仕方がない。

「先輩、思い切りのろけてません？」

美希ちゃんが私の顔を見てにっこり微笑む。

「え？　嘘！　そ、そんなつもりはなくてね」

取り乱しながら言い訳する私の肩を彼女はポンポンと叩いた。

「わかってますよ。私があんなハイスペ男子の彼女なら自慢しまくってます。じゃあ、食べちゃいますか」

美希ちゃんと一緒にお皿をテーブルに運び、ホットケーキを食べ始める。

「ねぇ、経営企画部の平田君はどうなの？」

柑橘系のいい香りがする紅茶を飲みながら、合コン後の進展を聞いてみた。最近は私の話ばかりで、美希ちゃんの恋バナを聞いていない。

彼女はあっけらかんとした様子で答える。

「全然進展なしです。まあ、今は仕事に集中しますよ。いつでも柚月先輩が寿退社できるように」

その突拍子もない言葉に思わず吹きそうになった。

「こ、寿退社って……」

「上の人達は将来見据えて動いていますよ。社長だって前園さんと柚月先輩が付き合ってるの知ってますからね」

美希ちゃんは、驚く私をニコニコしながら見ている。

「う……そ」

今週、総務部長達に呼び出されたのは、そういう理由からだったの？

「前園さん、柚月先輩が夏休み取って休んでる時、満面の笑顔で社長に先輩と婚約したって報告してましたよ」

「あいつ……社長になに言って……」

手に持っていたフォークとナイフが怒りでブルブルと震える。

「すっかり外堀埋められちゃってますね」

美希ちゃんは面白がっているが、私は額に手を当て呟いた。

「これですぐに別れたらしゃれにならないよ」

「前園さんが手放さないですよ。もう結婚式場も押さえてたりして」

ニヤリとしながら冷やかす彼女の発言を聞いて耳を塞ぐ。

「美希ちゃん、本当にありそうで怖いよ。止めて～」

「まあ、柚月先輩が結婚する頃には片桐も先輩達のこと祝福できるようになると思いますよ。あいつ、猫被ってましたけど、根は腐ってないから」

彼女はふわりと優しい笑みを浮かべる。

片桐君のことは自分でもどう関係を修復していいかわからなかったけど、美希ちゃんが彼のこともケアしてくれていてとても助かっている。

また彼とも笑って仕事ができればいいな。

私的には、平田君よりも片桐君の方が美希ちゃんに合っているんじゃないかって……感じることがたびたびある。

言い合ってる時の様子が、私と前園みたいなんだよね。

でも、それは言わないでおこう。

運命の相手なら自然に引かれ合うはずだ。

私と前園みたいに。

「うん、美希ちゃん、いろいろありがと」

彼女も素敵な人と幸せになれますように。

そう願いながら、和やかに遅めの朝食を済ませ、新宿のバスターミナルに行き、成田空港行きのリムジンバスに乗る。

何故か私を見送りに来た美希ちゃんも同乗。

「今日何も予定ないんで、牧君でもからかってやろうかと」

彼女はいたずらっぽく微笑む。

バスに乗って約二時間で空港に着いた。時刻は午後二時半過ぎ。

あと三十分で前園が帰ってくる。

到着ロビーの椅子に座って待つが、じっとしていられなかった。

「……まだかな」

窓の外の飛行機を見ながらポツリと呟いたその時、私の隣でスマホを見ていた美希ちゃんが私の肩を揺すって声を上げた。

「柚月先輩、大変！」

「ん？　どうしたの、美希ちゃん？　顔面蒼白だよ」

スマホのバッテリーでも切れたのかな……と思ったが、彼女にスマホの画面を見せられ顔が凍りつくように固まる。

「牧君が今メール寄越して来たんですけど……」

美希ちゃんの声も強張っていた。

【前園さんがさされた。ふじみやささんににもしらせて】

しばらくそのメールを凝視した。

どういうこと？　前園が刺されたってこと？

焦ってメールを打ったのか、誤字があるし、前園の名前以外は全てひらがな。

落ち着いてメールを打てない状況というのがわかる。冗談でこんなメールは打たないだろう。

心臓がバクバクしてきた。

「なにが起こったの？」

動揺せずにはいられない。

前園はどこを刺されたの？　危険な状況なの？　ああー、この文だけじゃなにがなんだか。牧君達だって無事なのか……。

彼らの安否が心配でいてもたってもいられず、頭をかきむしる。

「こ、これだけじゃよくわからないですよね。もっと詳しく教えて……」

そう言いながら美希ちゃんはメールを打って牧君に送信した。

だが、返事は来ない。

私も前園にラインを送る。

【機内でなにか起こってるの？】

しばらく待ってみたけど、こっちも返信はない。でも、牧君からメールが届いたということは、機内はネットが使える環境のはずだ。

いてもたってもいられなくて、椅子から立ち上がると、窓に向かい滑走路をじっと見つめる。

飛行機は普通に発着していて、異変は感じない。

空港の中も特に事件を知らせるようなアナウンスはないし、空港の職員が慌ただしく動いている様子もなかった。

なにかの間違いであってほしい。

もっと情報を集めようと、航空会社のカウンターに行く。

美希ちゃんも心配だったのか、一緒について来た。

「すみません。午後三時に到着予定のＪＱＳＫ２０６５便ですが、機内でなにかトラブルが発生したとか連絡が来てないですか？」

カウンターデスクにいる女性に尋ねるが、「いいえ、そういう連絡はないです」と営業スマイルで答えるだけ。

本当に知らされていないのか、それとも混乱を防ぐために秘密にしているのか……。

仕方なく美希ちゃんと一緒に到着ロビー近くの椅子に戻る。

だが、滑走路にパトカー数台と救急車が現れ、思わず立ち上がって、ガラス窓にへばりついた。

やっぱりなにか起こってるんだ。

ショックを隠せなかった。

目の前の景色が急に白黒に見える。

前園に本当になにかあったらどうしよう？　命にかかわる怪我をしていたら？

もう最悪の事態しか考えられない。

前園が目を開けず、救急車で運ばれる。

そんな縁起でもないシーンが頭に浮かび、ギュッと目をつぶりながら否定した。

「いや……そんなの嫌！」

「柚月先輩……大丈夫です。きっと前園さん達笑って帰ってきます」

美希ちゃんが私の肩を抱いて慰める。

それからどれくらい時間が経ったのだろう。

予定時間を過ぎても飛行機は到着しない。

お願いだから……帰って来て。お願い……。

もう祈ることしかできなかった。

飛行機の到着をひたすら待つ。すると、四時過ぎに滑走路が騒がしくなった。なにやら警官も十人くらい出て来ている。私の周囲にいる人達も外の異変に気付いて滑走路に目を向けた。

遠くの方から一機のジェット機がこちらに向かって来て、無事に着陸。

「ひょっとして……あの飛行機？」

飛行機を指差し、美希ちゃんと目を合わせる。警官が飛行機の出入り口付近に集まっているが、遠くてよくわからない。

「もうどうなっているの？」

近くで確かめたいのに、それができないのが辛かった。

さらに三十分ほど経っただろうか。

前園の飛行機に乗っていた乗客が荷物を持って現れ、そこにマスコミが駆けつけインタビューしている。

「怖かった」とか「男が親子に襲いかかって」という声が聞こえて来たけど、詳細はわからない。

騒然とする空港内。

前園達をひたすら待つが姿はなかった。

同じ飛行機に乗って来た乗客はもういないのか、もう他の便の乗客しか来ない。

どこにいるの、前園？　救急車で運ばれたとか？

頬を涙がスーッと伝う。

「……嘘つき。帰るって言ったじゃない」

涙を拭いながらポツリと呟いた時、美希ちゃんが叫んだ。

「あっ、前園さん達来ました！」

その声に顔を上げれば、腕に包帯をしている前園が牧君達と出て来て――。

「前園――！」

あいつの名前を呼びながら駆け寄り、その胸に思い切り飛び込んだ。

「うっ、いて。熱烈な歓迎だな」

一瞬顔をしかめるが、前園はすぐに笑顔になって愛おしげに私を見る。

その顔を見たら感極まってしまって、半ばパニックになりながらボコボコと前園の胸を叩いた。

「も、もう！　凄く心配したんだからね」

「ごめん。心配かけた」

急に真剣な顔になって彼は私を強く抱きしめる。布越しに伝わるその温もりに、安堵した。

ああ、彼は今ここにいる。私のところにちゃんと帰って来てくれた。

本当によかった。本当に——。

「あー、コホン」

わざとらしい牧君の咳払いが近くで聞こえてハッとする。

声の方を振り向けば、牧君や美希ちゃん、白石さん達がそこにいて、「あっ」と間抜けな声を出した。

どうしよう⁉ すっかり彼らの存在を忘れてた⁉

きゃあ〜、恥ずかしい⁉

慌てふためきながら前園と離れようとするも、彼がしっかりと私の身体をホールドしている。

「お取り込み中すみません。俺達先に帰りますね」

牧君が遠慮がちに声をかけると、前園は抱擁を解いて、ポケットから財布を出し、お札を抜いて牧君に手渡した。

「みんなでタクシーで帰れよ」

「ありがとうございます！」

牧君はニパッと笑うと、体育会系のノリで深々と頭を下げてお金を受け取る。

ふたりのやり取りに気を取られていたら、白石さんが私に近づき声を潜めた。

「前園さんに告白したけど、見事に振られました」

「……白石さん」

彼女の言葉に、なんて言ったらいいかわからなかった。

だが、白石さんはそれだけ伝えると、ひとり去っていく。

それを見て、美希ちゃんが牧君の背中を叩いた。

「ちょっと牧君、白石さん行っちゃったよ」

「あっ、あいつ。お～い、白石待てよ⁉」

牧君は白石さんを追いかける。

「じゃあ、柚月先輩、さよなら～。明日社長は出張でいないし、有休使ってもいいですよ」

私にウィンクしながら手を振ると、美希ちゃんもふたりを追いかけて行ってしまった。

ポツンとふたり残された私達。

「邪魔者はいなくなったところで、感動のキスでもしとく？」

再び前園に抱き寄せられ、うろたえながら拒否する。

「こんな公衆の面前で無理！」

「さっきはあんなに熱い抱擁をしてたのにな」

赤面する私をニヤリとしながら彼は冷やかした。

怒って責めるつもりが、急に目頭が熱くなって……。

「だって、牧君が【前園さんが刺された】なんてメールを送ってきて、心配したの！

無事かどうかもわからないし、帰ってこなかったらどうしようって……怖かった」

溢れ出す感情をそのまま前園にぶつける。

そんな私の頭に彼は手を添えて、包み込むようにしっかりと抱きしめた。

「ちゃんと帰って来たよ」

私の耳元で言う彼の言葉に涙ぐみながら頷く。

「うん」

それから空港を出ると、タクシーに乗った。

後部座席のシートに少し疲れた顔でもたれ掛かる前園。よくよく見ると、シャツにところどころ血がついている。

「腕の怪我酷いの？」

「急所は外してるから平気だ。利き腕じゃないしな」

前園は笑って言って、私を安心させようとする。

「飛行機の中で一体なにがあったのよ？」

事件の詳細を聞くと、前園は商品説明でもするかのように何食わぬ様子で語り出した。

まず飛行機の空調が壊れて機内が暑くなり、近くにいた赤ちゃんがぐずって、それに怒った男性が赤ちゃんとその母親に襲いかかったらしい。

「……それで、俺が止めに入って、男ともみ合いになったんだ。その時、腕を鋭利な鍵で傷つけられたけど、なんとか男を取り押さえて、事なきを得たわけ」

ついさっきまで恐怖体験をした人の発言とは思えない。まるでマジックの種明かしでもするかのようなその口調に驚いてしまう。

彼は平然としているけど、機内はパニックだったはずだ。だから牧君は気が動転してあんなメールを送ってきたのだろう。

「自分が危険とか考えなかったの！」

なんて無茶をするんだろう。

つい強い口調で前園を責めてしまった。

「小さい頃から武道はやってたし、誰かが赤ちゃん助けなきゃって思ったんだ。それに……」

前園は急に言葉を切ると、真摯な目で私に言った。

「お前に伝えたいことがあるから、死ねないって思った」

その言葉が胸を打つ。

もっと、怒りたかったけど、また涙が込み上げてきて声が出なかった。そんな私を見て、前園はそっと自分の胸に私を引き寄せる。

言葉がなくても〝お前が大事だ〟と伝わってくる。

そのまま彼にずっと寄り添っていたら、いつの間にかマンションに着いた。

午後八時を過ぎたせいか、空はうっすら暗くなっている。

タクシーを降りると、ふたりで彼の部屋に帰った。玄関に入ってお互い靴を脱ぐと、彼に腕を捕まれ、キスをされて……。

獣のように荒々しいキス。

私が吐く息でさえ彼が激しく奪い、もうどうやって息をしていいのかわからない。

ただ無我夢中で応える。

聞こえるのは互いの息遣いだけ。

こんな風に我を忘れて相手を求めるのは、あのエレベーターの事件以来だ。あの時も玄関でキスをされた。

そして、今も——。

ベッドに運ばれ、互いの服を脱がせ合う。私がシャツに手をかけると、前園は微かに顔をしかめた。

「あっ、大丈夫？」

そう声をかけたら、前園は「大丈夫」と小さく笑って私を抱いたままベッドに寝そべる。

そのまま激しく抱き合うかと思ったが違った。

「ずっとこうしたかった」

私の髪を撫でながら前園は愛おしげに私を見つめる。

「私も」と答えて彼に顔を近づけると、「うちのシャンプーの匂いじゃないな」と少し咎めるような目で言った。

「美希ちゃんのところに泊まってたの」

クスッと笑いながら言い訳したら、彼はいたずらっぽく笑う。

「この浮気者。お仕置きが必要みたいだな。でも、それは後で。今はこのまま抱いていたい」

チュッと私の唇に軽くキスすると、前園は私を優しく抱きしめて目を閉じる。かなり疲れていたのか、しばらくして彼の寝息が聞こえてきた。

「健斗、お帰りなさい」

彼の寝顔を見ながら微笑むと、その唇にそっと口づける。

起きてる時に下の名前で呼ぶのは恥ずかしいけど、今は寝てるから『健斗』と言える。

彼がこうしてそばにいることがどんなに幸せなことか今回の事件でよくわかった。

もうこんなにもあなたを愛してる。健斗を失わなくて本当によかった。

このままずっと彼のそばにいたい。このまま……。

彼の胸に頬を寄せ、静かに目を閉じた。

神様、彼に会わせてくれてありがとう。

「……ああ、うん。ちょっと腕に怪我しただけ。たいしたことないよ」

健斗の声が聞こえる。

ん？　誰かと電話で話しているの？

うっすら目を開ければ、彼がベッドに腰掛けスマホを手に喋っている。

「うん、うん、彼女にも伝えておく。おやすみ」

通話を終えると、健斗はスマホをサイドテーブルに置いた。

目が覚めて目覚まし時計に目をやれば、午後十一時過ぎ。

「誰と喋ってたの？」

電話の相手が気になって聞けば、彼は私の方を振り返った。

「あっ、悪い。起こしちゃったか。うちの母親が今日の飛行機事故のニュース見て心配でかけてきたんだ」

私の頬を撫でながら、健斗は穏やかな声で説明する。

「そっか。前園のお母さんもとっても心配してただろうね」

ニュースは見ていないけど、大きく報道されていたに違いない。

「今度うちに柚月連れておいでって言ってたよ。それよりも、その『前園』って呼び方なんとかならないのか？　お前寝てる時に『健斗』って寝言言ってたぞ」

少し意地悪く言う彼の言葉を聞いて焦った。

「……そ、それは前園が寝ぼけて聞き間違えたんじゃないの？」

必死にごまかそうとしたら、健斗はニヤリとする。

「お前、自分の苗字変わっても、俺のこと『前園』って呼ぶの？」

健斗の顔が目と鼻の先まで迫って来て、ドキッ。

それって……結婚のこと言ってるんだよね？　なんでさらっとそういうこと言えちゃうの！

ワ〜、キャー！

なにも答えられずに照れていたら、健斗は悪魔のように微笑んだ。

「なら、選ばせてやろう。『健斗』って呼ぶのと、これから俺とシャワー浴びるの、どっちがいい？」

その台詞に背筋がゾクッとする。

本人目の前にして『健斗』って言うのは恥ずかしい。でも、一緒にシャワーは私の身が持たない。

うろたえる私を楽しそうに見て、彼はさらに意地悪く告げた。

「あと五秒以内に選ばないと両方だからな。五、四、三、二……⁉」

「ワ〜、あ〜、もう言います！　け、健斗！」

彼の口を手で塞いで名前を呼べば、悪魔なこいつはもっと高い要求をしてくる。

「もっと愛を込めて」

「無理」

ギョッとした顔で拒絶したら、健斗は私の弱点を攻めてきた。

「あ～あ、せっかくテディベア買ってきてやったのになあ」

わざと残念そうな顔で健斗はベッドの下からぬいぐるみを出してきた。

赤ちゃんぐらいの大きさで、茶色い毛に、まん丸の目。しかも、見た感じはモコモコしている。

あ～、思い切り抱きしめたい！

私の中のクマさん愛ボルテージが一気に上がった。

テディベアに手を伸ばしたら、「じゃあ、テイクツーいってみようか？」と健斗は何故か監督気取りで言って、ぬいぐるみを遠ざける。

この悪魔！

彼に恨みがましい視線を向け、ボソッと呟いた。

「健斗」

「なに、その仏頂面。ぬいぐるみが泣くぞ」

ハハッと声を上げて笑うと、健斗は私に「ほら」とテディベアを手渡した。

手触り、気持ちいい〜。

「あ〜、今日からお前はうちの子よ」

ぬいぐるみを抱きしめて頬ずりしたら、そんな私を健斗はじっとりと見た。

「俺のライバルはぬいぐるみか？」

「だって、こんなに可愛いんだよ。ん？　あれ、この子、後ろにファスナーついてる」

不思議に思いながらファスナーを開けると、中に小さな箱が入っている。

綺麗な装飾が施されたその深緑の箱を取り出した。

「これ、なに？」

健斗に聞けば、彼はどこか企み顔で微笑む。

「開けてみたら？」

なんだろう？

ドキドキしながら箱を開けると、そこに入っていたのはキラキラしたダイヤの指輪だった。

「これ……」

驚きで言葉をなくす私。

「婚約指輪。これしとかないと、婚約してないとかお前言いそうだから」

健斗がクスッと笑って指輪を手に取り、私の左手の薬指にはめる。

「俺と結婚してくれるよな？」

いつもの健斗なら〝結婚しろ〟とか命令しそうなのに、私に返事を要求するところがちょっと憎らしい。

だけど、彼なりにいろいろプロポーズの演出も考えたのかと思うと、幸せで胸がいっぱいになった。

「……はい」

こみ上げてくる涙をこらえて返事をするも、涙がスーッと頬を伝って……。

「泣き虫」

優しい声でそう言って健斗は私の頬の涙をペロッと舐めると、私を見つめて唇を重ねてきた。

甘くて、優しくて……心がとろけそう。

ずっとこのままでいたい。彼と一緒にいたい。

彼の優しさも、ちょっと意地悪なところも……全てが好き。

それから、健斗は私を強く抱きしめた。

まるで私がいることを自分の身体で確かめるように――。

不意に健斗が手の力を緩めて私の左手を握りながら、口を開いた。

「柚月に話があるって前に電話で言ったけど、親父との約束で俺が『TAKANO』にいられるのは今年いっぱいまでなんだ。来年からは前園製薬に入って社長である親父のサポートをする」

彼の話はそれほどショックではなかった。

健斗が前園製薬の御曹司と知った時から、いつかはお父さんの跡を継ぐって予想していたし、最近牧君に業務をスイッチしているって感じていたから。

「来年か。今九月だから、あと三カ月だね」

私がそう言うと、彼は小さく頷きながら続けた。

「それで、柚月にも『TAKANO』を辞めて俺について来てほしい」

真剣なその目。

私が断ると思ってる？

もう迷いはない。健斗を信じているから。

今まで散々こいつに振り回されたのだから、ちょっとやり返したい。

「ついて行くわよ。社長にも私達のこと伝えたんでしょう？　ちゃんと責任とって」

あっさりOKしたら、健斗は少し拍子抜けした顔をして笑った。

「もっとごねるかと思った」

「外堀埋められてるんだもん。逃げられない」

ハーッと軽く溜め息をつくと、健斗はキラリと目を光らせた。

「狙った獲物は逃さないよ」

その自信に満ちた瞳を見て、こいつには勝てないって思った。

「捕まえたんだから、もう離さないで」

少し我儘な態度で言うが、健斗は破顔した。

「離すわけないだろ。一生をかけて証明してやるよ」

その約束に胸がジーンとした。

『一生をかけて』……なんて普通はなかなか言えない。

結婚して、ふたりで同じ時間を過ごして……。

彼と未来を歩んでいくのが楽しみだ。

子供だって、健斗の子なら美形で可愛いだろうな。

「なにニヤニヤしてる？」

彼が面白そうに私を見ている。

「前園……健斗の子供ならとっても綺麗な子だろうなって想像したら楽しくて」

クスクス笑いながら言ったら、いきなり彼に押し倒された。

「だったら、子作りしようか?」

スイッチが入ってしまったのか、健斗は私の頬や首筋にキスをしていく。

「ちょっ……気が早すぎ⁉」

止めようとしたら、彼に両手を捕まれた。

「愛し合ってたらいつかできるよ」

フッと笑って健斗は唇を重ねてくる。

その甘いキスに溺れながら、頭の片隅で思った。

いつか私達のもとに小さな天使がやって来たらいいな。


「んん? 嘘‼ 寝坊した〜!」

次の日の朝、寝過ごしてしまいベッドから飛び起きたら、横で寝ていた健斗がしれっとした顔で言った。

「大丈夫。立花さんには午後から出るって連絡してあるから」

「よかった……じゃない! なに勝手なことしてるの!」

健斗に噛み付くが、彼は平然としている。

「婚約者だから、もう家族同然だろ」

ああ～、もう！

今頃秘書室は私と彼の話題で盛り上がってるはずだ。わざわざ健斗が美希ちゃんに連絡したのは、婚約者面したかったからだろう。

シャワーを浴びてから食事を済ませ、彼の車で会社に出勤。

エレベーターの前に立つと、健斗がしっかりと私の左手を握ってきた。

「もう大丈夫だよ」と声をかけるが、彼は手を離さずそのまま私の手を引いてエレベーターに乗り込む。

「俺が怖いから」

見え見えの嘘をつく彼。

嘘つき。でも、こうしていると安心する。

健斗は私の指輪を撫でてきた。それがとても親密な感じがして恥ずかしい。

ずっとうつむいていたら、エレベーターが一階に着いて、他の社員もひとり乗り込んで来た。

慌てて健斗と繋いだ手を外そうとしたが、彼はさらにギュッと握って入って来た社員に声をかけた。

「やあ、片桐。ちゃんとやってるのか？」

え？

顔をスッと上げれば確かに片桐君で、繋がれた私と健斗の手をじっと見ている。

「……噂では聞いてましたけど、本当に婚約したんですね。おめでとうございます」

指輪を見たのか、片桐君はお祝いの言葉を口にする。

その顔は笑っていなかったけど、嬉しかった。

そのうち普通に話せるようになるといいな。

「ありがとう」

はにかみながら礼を言えば、横にいる健斗は私の腰に手を回して片桐君を挑発するような真似をする。

「もう俺のだから、二度と手を出すなよ」

そんな健斗を睨みつけ、片桐は憎らしげに言った。

「藤宮さん泣かせたら、俺が遠慮なく奪いますからね」

それは、彼なりのエールなんだと思う。

健斗も同じことを思ったのだろう。片桐君に余裕の笑みを浮かべて言った。

「そんなヘマしないさ。お前も素敵な女性を見つけろ。案外近くにいるかもしれないぞ」

彼の言葉に美希ちゃんの顔がパッと浮かんだ。

みんな、幸せになれるといいな。

私には健斗がいる。

美希ちゃんや片桐君も自分にとって唯一無二の相手を見つけてほしい。

今思うと、朱莉が結婚式にくれたブーケが私に幸福を運んで来てくれたのかもしれない。

心から愛せる人がそばにいた。

幸せは近くにあるんだ、きっと――。

健斗の手を握り返すと、彼が私に目を向けた。

その優しい眼差しに心が温かくなる。

愛おしい人に愛される喜びを噛みしめながら、彼と目を合わせ微笑んだ。

特別書き下ろし番外編

私の愛する時間

「え？　ここが健斗の実家なの？　なんだかお城みたいだよ」

目の前にある西洋風のお屋敷を見て、目をパチクリさせる私。

「そんなたいそうなものじゃない」

私の顔を見て健斗は謙遜するが、思わず言い返してしまった。

「いや、たいそうなものだよ！」

九月下旬の土曜日、彼の実家に連れて来られたのだが、個人の家にしてはあまりに大きすぎて圧倒された。

二メートル以上ありそうな高い塀。林のような広い庭に、うちの実家の五倍はありそうな白亜の洋館。

世田谷《せたがや》にこんな広大な敷地を持ってるなんて、どんだけ金持ちなの！

さすが前園製薬の社長の家というべきか。

「どうしよう～！　ただでさえ健斗のご両親に会うのにドキドキしてるのに、余計に緊張してきた」

心臓がバクバクいっている。

できれば、このまま手土産だけ渡して帰りたい。

今の気持ちを正直に伝えたら、健斗は私の手を握って来た。

「じゃあ、仲間だな。俺も実家に好きな女を連れて来るのは初めてで緊張している」

その顔はどこか楽しげ。

これのどこが緊張しているのよ！

「嘘つき。その余裕顔。全然緊張なんてしてないでしょう！」

少しふくれっ面になりながら否定すれば、健斗はニヤリと笑う。

「そこは、俺の言葉にうっとりするところだぞ」

「あんたね……」

その発言に呆れたが、健斗は急に表情を変え、優しい目で私にアドバイスした。

「大丈夫だ。いつものお前でいい」

その言葉に胸がキュンとなる。

こういうところ……狡いって思う。

最初に私をからかって、次に優しくしてくるから、ついときめいてしまうのだ。

「ああ〜、もう骨は拾ってよ！」

テンパッて弱音を吐く私に、健斗はハハッと笑いながら突っ込む。

「お前は特攻隊か。ただうちの両親に会うだけだろ？　ほら、行くぞ」

正面玄関にある十五段ほどの階段を健斗と上って行くと、ドアが開いて五十代くらいの女性が現れた。

「健斗さん、お帰りなさい。柚月さんもよく来てくれました」

にこやかに声をかけて来たその女性を見て彼は頬を緩める。

「多江《たえ》さん、久しぶり。柚月、こちらは多江さん、うちのお手伝いさんだ」

健斗に紹介され、多江さんに軽く会釈する。

「はじめまして。藤宮柚月です」

「女優さんみたいに綺麗な方ですね。旦那様も奥様も居間でお待ちですよ」

多江さんはにこやかに笑う。

彼女に案内されて居間に向かうが、百メートルはありそうな長い廊下には三畳分はありそうな大きな桜の絵が飾られ、金の装飾が施された豪華な花瓶には紫をメインにした華やかな花が生けてあった。

まるでホテルみたい。

そんなことを思いながら居間へ向かうと、健斗のご両親が笑顔で迎えてくれた。

彼のお父様にお会いするのは二度目だが、お母様は初めて。

顔の輪郭が健斗に似ていて、背は私くらい。髪はアップにしていて凛とした雰囲気の美人。

濃いブルーのワンピースを品よく着こなしている。

緊張しながら自己紹介をし、手土産をお母様に差し出した。

「これ『榊亭《さかきてい》』の洋梨タルトです」

健斗にご両親の好みを聞いて用意したものだ。

「あら、気を使わせてごめんなさい。これ、主人も私も大好きなのよ。ありがとう」

彼のお母様はにっこりと微笑むが、目は笑っていない。

なんとなく嫌な予感がした。

私……歓迎されてない？

ソファに座ってコーヒーを飲みながら健斗が私達の馴れ初めを簡単に説明すると、お母様は私に矢継ぎ早に質問してくる。

「柚月さんのご実家はどちら？　華道や茶道、日舞の経験はあるかしら？」

き、き、きたー！　ドラマのようなこの展開。

「実家は福井で、農家です。あいにく華道や茶道などはやったことがなくて」

なるべく印象を悪くしないようにお母様の目を見て答えたが、彼女はそんな私を笑い飛ばした。

「そう。それでうちに嫁ぐつもりなのね。今の子は恥知らずと言うか」

「母さん！」

健斗と彼のお父様が声を揃えてお母様を注意するも、彼女は構わず続ける。

「だってそうでしょう？　それでは人前に出て恥ずかしいじゃないの」

「へえ、その立派なたしなみを身につけてる母さんは、今自分がどんなに礼儀知らずかわかっているのかな？」

健斗がお母様に冷ややかに言う。その氷のような目にゾクッとした。

これは……相当怒っている。

彼のお母様もそれがわかったのだろう。声を震わせながら言い訳した。

「……だって、前園家の嫁なのよ。知性と教養があるお嬢さんでないと……」

「くだらない。俺の選んだ人にケチつけるなら、もう二度とここには帰らない」

お母様の言葉を遮り、彼は厳しい口調で言い放つ。

最悪の状況。空気がピリピリしている。

「柚月、帰ろう」

立ち上がってここを出ようとする健斗の手を掴んで引き止めた。

「待って。私のために喧嘩しないで」

こんなの嫌だ。彼が私を守ってくれたのは嬉しいけど、そのせいでこの親子が喧嘩するなんて……。

「柚月……？」

健斗は私の言動に驚いたのか、目を見開いて私を見つめる。

「前園家の嫁になるには、知性と教養が必要なのでしょう？　だったら……」

スッとソファから立ち上がり、健斗のお母様に身体を向けた。

「健斗さんのお母様、私に花嫁教育して下さい。お願いします！」

ペコリと深く頭を下げ、返事を待つ。

数秒の沈黙の後、お母様の声が耳に届いた。

「いいわ。あなたに教えてあげましょう」

顔を上げて彼女の顔を見なくても、自信たっぷりに微笑んでいるのがわかる。

こういう展開は、健斗についていくことを決めた時から覚悟はしていた。

結婚はふたりだけの問題じゃない。

だから、彼の家族にだってちゃんと認めてもらいたいのだ。

その夜、健斗のマンションに帰ると、彼はジャケットを脱いで私を振り返った。

「よかったのか？　あんなこと言って」

呆れと心配が半々といった顔だ。

「うん。今まで女らしい習いごと、やったことがなかったの。いい機会だと思って」

笑ってそう答えたら、彼は私の頬に手を添え、私の心まで読むような真っ直ぐな目で見つめてくる。

「あまり無理するなよ。母さんはプライドが高くて、結構面倒な人なんだ。適当にあしらえばいい」

以前健斗からお母様のことを少し聞かされていた。

彼女の実家は旧華族という由緒正しい家柄で、生粋のお嬢様だったらしい。イギリス留学の経験もあり、語学は堪能。

お母様も健斗のように完璧人間だと思っていたが、お嬢様育ちのせいか、家事はまったくできないとか。

「そんな失礼な真似はできないよ。健斗を産んでくれたお母さんだもん。見てて。全部習得して健斗のお母様に必ず認めてもらうから」

自分の意気込みを伝えたら、彼は笑った。

「お前の気持ち、きっといつか母さんにも伝わるよ」

その言葉がとても嬉しかった。

付き合ってから知ったけど、健斗はいつも私を温かく見守ってくれる。

だから、彼のためにも、自分のためにも頑張るんだ。


それから一カ月間、会社が終わると、健斗の実家に通い続けた。

月曜は茶道、火曜は華道、水曜は日舞、木曜はダンス、そして、金曜が着物の着付け。

身体はクタクタ。その上なかなか彼のお母様から合格点がもらえない。

『この程度で足がしびれるなんて見苦しい』とか『ホント、何度教えたらわかるのかしら』と溜め息交じりの声で言われ、凹んだことが何度もある。

でも、落ち込んだ時は健斗が料理を作ってくれたり、身体をマッサージしてくれて私をたっぷり甘やかしてくれた。

今日もお母様からたくさんのダメ出しを食らって、ひとりとぼとぼと帰宅。

時計を見れば午後十時過ぎ。健斗はまだ帰っていない。

「朝『今日は接待で遅くなる』って言ってたっけ」

玄関を上がると、真っ直ぐ寝室に向かった。

「今日のおさらいしようかな」

リビングのソファでのんびりしたいところだが、そうもいかない。

持って帰って来た風呂敷を広げて着物一式を取り出すと、着ていた服を脱いだ。鏡の前で着物用肌着である肌襦袢と裾よけをつけ、次に足袋を履く。

それから長襦袢を着たのだが、その時健斗が帰って来た。

「うちで和服って珍しいな」

彼は寝室に入ってくると、ネクタイを片手で器用に外しながら、私に目を向ける。

あちゃー、健斗に内緒でやろうと思ったのに、見つかっちゃった。

いろいろからかわれそうだ。

「今日も健斗のお母様にダメ出しされたから特訓しようと思ったの」

「ダメ出しねえ。でもその着物、うちの母親にもらったんだろ？」

健斗の視線の先には、今日お母様に『これを着なさい』と言われて借りてきた薄紫色の着物があった。

加賀友禅のとても貴重なものらしい。

「もらったんじゃなくてお借りしたのよ」

疲れた声でそう訂正したが、彼はどこか嬉しそうにお母様の真意を説明する。

「それは、母さんが照れくさくてそういう言い方したんだな、きっと。その着物、俺の婆さんの嫁入り道具だったらしい。それで、俺の母親が嫁いで来た時に、婆さんから譲り受けたんだ」

高価なものとは思っていたけど、そんなに大切な着物だったなんて……。

「それって……」

私を受け入れてくれたってこと？

驚きで最後まで言えない私を見て、健斗は微笑んだ。

「母さんも柚月を認めてる。よかったじゃないか」

「そうなのかな？」

信じられなくて健斗にもう一度確認すると、彼は温かい目で頷いた。

「そうだよ。認めたからその着物を渡したんだ。そんなことより……」

健斗はニヤリとしながら私に歩み寄り、我が物顔で私の腰に手を当てた。

「え？」

彼からダークなオーラを感じて固まる私。この不穏な空気。

「薄ピンクの長襦袢って凄くそそられるな」

妖艶に微笑みながら、彼は腰紐に手をかける。

「ちょ……ちょっと待って。これから着付けの練習するの！」

慌てて健斗の手を止めようとするが、力で勝てるわけがなく、すぐに腰紐を外された。

「この一カ月、母さんにお前を取られてずっと我慢してたんだから、このくらいのご褒美があってもいいだろ？」

勝手なことを言いながら長襦袢を脱がそうとする彼を睨みつけ、言い返す。

「週末はずっとベッドの中だったたじゃない！　なに言ってんの！」

「週末だけじゃ足りない」

そんな我儘を言って、健斗は私をベッドに押し倒した。

このまま流されたら、きっと朝までコースだ。

着付けの練習なんてできない。

「あっ、お腹空いてない？　今夜は私が作……!?」

健斗の気をそらそうとしたが、彼に組み敷かれた。

「俺はお前に飢えてる。お前でしか満たされないんだから諦めろ」

極甘ボイスで囁くと、彼は私を味わうようにゆっくりと口づける。

これで堕ちない女はいないと思う。
「……狡い」
そのキスに陥落して恨み言を言えば、彼は悪魔のように口角を上げた。
「そんな格好して誘惑したお前が悪い」
なによ。その言いがかり。
「え～、誘惑してな……んぐ⁉」
否定しようとするが、口を塞がれそのまま彼に溺れていく。
それは甘美な時間の始まり。
身も心も丸裸にされ愛し合う。
「柚月」と呼ぶその低く柔らかい声。
その熱い眼差し。
そして、私に触れるその唇。
健斗の気持ちがストレートに伝わってくる。
〝愛している〟と。
ギュッと抱き合っているこの瞬間が好き。
彼がいなかったら、ずっとおひとり様街道を突き進んでいたかもしれない。

そんなことをふと思って笑ったら、健斗が「なに笑ってる？　余裕だな」と囁いて私の耳朶《みみたぶ》を甘噛みした。

「ギャッ！」

奇声を上げると、彼に大笑いされた。私も笑いがこみ上げてきて、健斗と目を合わせ笑い合う。

甘いムードが台無し。

でも、これが私達の日常で、私が愛する時間。

それを与えてくれるのは、彼しかいない。


次の日のお昼。健斗とご飯を食べ終わり、ふたりでリビングでくつろいでいると、彼の実家から荷物が届いた。

段ボールひと箱。手で運べる大きさだが、ずっしりとした重さがある。

健斗宛ではなく、何故か私宛。品名のところには「写真」と書かれていた。

この筆跡。お母様のだ。

なんの写真？　写真というと、見合い写真しか浮かばないんだけど……。

まさか、私と健斗を別れさせるために、私に別の男の人を紹介するとか？

……怖くて開けられない。

危険物を見るような目でその箱を見ていたら、健斗に突っ込まれた。

「なにそんな怖い顔で段ボール箱とにらめっこしてるんだ？」

「だって、『写真』って書いてあるし、見合い写真だったらどうしようって思って」

不安を口にすれば、彼は私の目を見て安心させるように優しく笑った。

「大丈夫だよ。そんなに柚月に見合いさせたければ、母さんは直接渡す」

「なるほど」

実の息子の言う事だけに妙に納得してしまう。

じゃあこの箱、一体なんの写真が入ってるの？

恐る恐る開けると、一枚のメモと年代別に分けられたアルバムが五冊入っていた。

まずメモを手に取って目を通す。

【健斗が面倒くさがって受け取らないので、柚月さんの方で管理をお願いします】

毛筆で書かれたこの美しい字。お手本にしたくなるほど綺麗な字だ。

アルバムを取り出すと、ふわふわのラグの上に座り、手に取って見る。

そこには可愛い赤ちゃんが写っていて、思わず笑みがこぼれた。

「うわ〜、健斗も赤ちゃんだった時代があったんだね」

「この姿で生まれてくるわけないだろ」

私のコメントに苦笑しながら、健斗も私の横に座って一緒にアルバムを眺める。順番に見ていくと、私の知らない彼がいっぱいいいて驚いた。

「これピアノの発表会だあ。健斗ってピアノ弾けるんだ?」

「小学生の時にちょっと習ってたけど、今はもう簡単な曲しか弾けないな」

健斗は謙遜するが、きっと難易度の高い曲だって弾けるに違いない。

「あっ、これって高校のバスケ部の時? 高野や片桐君もいるよ。みんな若いねえ」

どこかの大会での集合写真を見てテンションが上がる。

「ああ。でも、今も若いんだけどな。お前もよーくわかってるはずだが、まだまだ愛し方が足りなかったか?」

私の身体を後ろからホールドするように抱きしめ、耳元で囁く彼。

その声を聞いて、身体がぶるっと震えた。

魔王降臨――。

「ま、前園、今が……若くないなんて……誰も言ってない。あっ……‼」

動揺するあまり彼を呼び間違え、思わず息を呑む。

「柚月、お仕置き決定」

健斗は私を自分の方に向かせると、どこか邪悪な笑みを浮かべた。

「私にも休養が必要……」

顔を強張らせながら訴えるも、彼の唇が降りてきて私の口を塞ぐ。

それで、アルバムを見るのは一時中断。

なんだかんだ言っても、やっぱり彼と触れ合うのは好きで、結局身を委ねてしまう。

そんな私のことを彼はわかっているのだ。

疲れてうとうとしてしまって、ハッと目を開ければ、横で健斗がアルバムを懐かしそうに見ていて、そんな彼がなんだか無性に愛おしかった。

「健斗の宝物だね」

こんな大事なものを私に送ってくれたということは、お母様は本当に私を前園家の嫁として認めてくれたってことだよね。

クスッと笑って言えば、健斗はアルバムから顔を上げて私に目を向ける。

「起きたんだ？　まあ、見るといろいろ思い出すな。これからは、俺とお前……それから将来生まれてくる子供の写真をいっぱい撮っていこう」

「うん」

幸せを噛みしめながら頷くと、彼に寄り添い、アルバムの続きを見た。

写真からはご両親の健斗への愛情が伝わってくる。
アルバムと一緒に健斗も託されたような気がした。
お父様、お母様、彼と一緒に幸せな家庭を築きます。
最愛の彼とアルバムを眺めながら、心の中でそっと呟いた。

END

あとがき

滝井みらんと申します。この度は『極上恋愛～エリート御曹司は狙った獲物を逃さない～』をお手に取って頂いてありがとうございます。最後まで胸キュンして頂けたら嬉しいです。

さて、もう恒例となっていますが、今回もスペシャルゲストをお招きしているんですよ。前園健斗さん、片桐翔太さん、どうぞ。

健斗　こんにちは。前園です。また皆さんにお会い出来て嬉しいです。

片桐　ちょっ……前園さん、俺なにも聞いてないんですけど。

健斗　作者に『イケメン連れて来い』って頼まれたんだよ。

片桐　だからって、俺をチョイスしないで下さい。

健斗　そんな不機嫌な顔するなよ。ファンサービスだ。ところで、お前、前園製薬に来ない？　高野が社長になるまででいい。お前もいい経験になると思うが。

片桐　はあ？　俺が前園さんについていくわけないでしょう！

健斗　じゃあ、仕方ないな。立花さんを引き抜こう。彼女優秀だし。

片桐　ち、ちょっと待ってください。本気ですか？

健斗　本気だよ。社長と高野には、もう話を通してある。お前、なにそんな焦った顔してるんだ？　自分の恋人が俺のところで働くのが嫌か？

片桐　……な、なんで俺と立花さんが恋人だって？

健斗　こないだお前が応接室に立花さん連れ込むの見た。会社で楽しむのもほどほどにしておけよ。

片桐　ああ〜、もうわかりました。受けます。彼女を盾に取るなんて鬼畜ですね。

健斗　策士と言え。今度立花さん連れてうちに遊びに来い。柚月も喜ぶ。

片桐　……ありがとうございます。なんか前園さんに上手く嵌められたような……。

健斗　悩むとハゲるぞ。では、皆さんありがとうございました。また、どこかで。

片桐君も美希ちゃんとうまくいってよかったですね。四人の今後も楽しみ。

最後になりましたが、優柔不断な私を温かく支えてくださった編集部の倉持様、思わずうっとりするようなイラストを描いてくださった琴ふづき様、そして、いつも私を応援してくださる読者の皆様、心より感謝申し上げます。

素敵なクリスマスをお過ごし下さいね。

滝《たき》井《い》みらん

滝井みらん先生への
ファンレターのあて先

〒104-0031
東京都中央区京橋1-3-1
八重洲口大栄ビル7F
スターツ出版株式会社　書籍編集部　気付

滝井みらん先生

本書へのご意見をお聞かせください

お買い上げいただき、ありがとうございます。
今後の編集の参考にさせていただきますので、
アンケートにお答えいただければ幸いです。

下記URLまたはQRコードから
アンケートページへお入りください。
http://www.berrys-cafe.jp/static/etc/bb

この物語はフィクションであり、
実在の人物・団体等には一切関係ありません。
本書の無断複写・転載を禁じます。

極上恋愛
～エリート御曹司は狙った獲物を逃さない～

2018年12月10日　初版第1刷発行

著　者　滝井みらん
©Milan Takii 2018

発行人　松島 滋

デザイン　hive & co.,ltd.

DTP　久保田祐子

校　正　株式会社鷗来堂

編　集　倉持真理

発行所　スターツ出版株式会社
〒104-0031
東京都中央区京橋1-3-1　八重洲口大栄ビル7F
TEL　販売部　03-6202-0386（ご注文等に関するお問い合わせ）
URL　https://starts-pub.jp/

印刷所　大日本印刷株式会社

Printed in Japan

乱丁・落丁などの不良品はお取替えいたします。
上記販売部までお問い合わせください。
定価はカバーに記載されています。

ISBN 978-4-8137-0583-3　C0193

ベリーズ文庫 2018年12月発売

『目覚めたら、社長と結婚してました』　黒乃《くろの》梓《あずさ》・著

事故に遭い、病室で目を覚ました柚花は、半年分の記憶を失っていた。しかもその間に、親会社の若き社長・怜二と結婚したという衝撃の事実が判明！　空白の歳月を埋めるように愛を注がれ、「お前は俺のものなんだよ」と甘く強引に求められる柚花。戸惑いつつも、溺愛生活に心が次第にとろけていき…!?

ISBN 978-4-8137-0580-2／定価：本体650円＋税

『蜜月同棲～24時間独占されています～』　砂原《すなはら》雑音《のいず》・著

婚約者に裏切られ、住む場所も仕事も失った柚香。途方に暮れていると、幼馴染の御曹司・克己に「俺の会社で働けば？」と誘われ、さらに彼の家でルームシェアすることに!?　ただの幼馴染だと思っていたのに、家で見せるセクシーな素顔に柚香の心臓はバクバク！　朝から晩まで翻弄され、陥落寸前で…!?

ISBN 978-4-8137-0581-9／定価：本体640円＋税

『エリート弁護士は独占欲を隠さない』　佐倉《さくら》伊《い》織《おり》・著

弁護士事務所で秘書として働く美咲は、超エリートだが仕事に厳しい弁護士の九条が苦手。ところがある晩、九条から高級レストランに誘われ、そのまま目覚めると同じベッドで寝ていて…!?　「俺が幸せな恋を教えてあげる」――熱を孕んだ視線で射られ、美咲はドキドキ。戸惑いつつも溺れていき…。

ISBN 978-4-8137-0582-6／定価：本体660円＋税

『極上恋愛～エリート御曹司は狙った獲物を逃がさない～』　滝井《たきい》みらん・著

社長秘書の柚月は、営業部のイケメン健斗に「いずれお前は俺のものになるよ」と捕獲宣言をされ、ある日彼と一夜を共にしてしまうことに。以来、独占欲丸出しで迫る健斗に戸惑う柚月だが、ピンチの時に「何があってもお前を守るよ」と助けてくれて、強引だけど、完璧な彼の甘い包囲網から逃れられない!?

ISBN 978-4-8137-0583-3／定価：本体630円＋税

『ベリーズ文庫 溺甘アンソロジー1 結婚前夜』

「結婚前夜」をテーマに、ベリーズ文庫人気作家の若菜モモ、西ナナヲ、滝井みらん、pinori、葉月りゅうが書き下ろす極上ラブアンソロジー！　御曹司、社長、副社長、エリート同期や先輩などハイスペックな旦那様と過ごす、ドラマティック溺甘ウエディングイブ。糖度満点5作品を収録！

ISBN 978-4-8137-0584-0／定価：本体650円＋税

タイトル、価格等は変更になることがございますのでご了承ください。

ベリーズ文庫 2018年12月発売

『恋華宮廷記～堅物皇子は幼妻を寵愛する～』 真《ま》彩《あや》-mahya-・著

貴族の娘・鳴鈴に舞い込んだ縁談の相手は、賊に襲われたところを助けてくれた武人・飛龍。なんと彼は皇帝の子息だった！彼に恋情を寄せていた鳴鈴だが、堅物な彼は結婚後も一線を引き、鳴鈴を拒絶。しかしある日、何者かに命を狙われた鳴鈴を救った飛龍は、これまでと違い、情熱的に鳴鈴を求めて…!?

ISBN 978-4-8137-0585-7／定価：本体640円＋税

『クール公爵様のゆゆしき恋情』 吉澤《よしざわ》紗《さ》矢《や》・著

貴族令嬢のラウラは、第二王子のアレクセイと政略結婚が決まっていた。彼に愛されていないと不安に思ったラウラは、一方的に婚約を解消。実家に引きこもっていると、新たな婚約の話が舞い込んでくる。相手は顔も名前も知らない公爵。アレクセイのことを忘れようと、ラウラは結婚の話を受けるけれど…。

ISBN 978-4-8137-0586-4／定価：本体630円＋税

『不本意ですが、異世界で救世主はじめました。』 白石《しらいし》まと・著

植物研究所で働くOLのまゆこは、ある日の仕事帰り転んで暗い穴に落ち…、気づいたらそこは異世界だった！まゆこは公爵のジリアンに呪いを解くために召喚されたのだった。突然のことに驚くまゆこだったけど、植物の知識を活かしてジリアンを助けるのに尽力。そして、待っていたのは彼からの溺愛で…!?

ISBN 978-4-8137-0587-1／定価：本体650円＋税

ベリーズ文庫 2019年1月発売予定

Now Printing

『月満チテ、恋ニナル』 水守《みずもり》恵蓮《えれん》・著

事務OLの莉緒は、先輩である社内人気ナンバー1の来栖にずっと片思い中。ある日、ひょんなことから来栖と一夜を共にしてしまう。すると翌月、妊娠発覚!? 戸惑う莉緒に来栖はもちろんプロポーズ！　同居、結婚、出産準備と段階を踏むうちに、ふたりの距離はどんどん縮まっていき…。順序逆転の焦れ甘ラブ。

ISBN 978-4-8137-0599-4／予価600円＋税

Now Printing

『いけばな王子は永遠の愛を信じたい』 美森《みもり》萠《めぐむ》・著

父親の病気と就職予定だった会社の倒産で、人生どん底の結月。ある日、華道界のプリンス・智明と出会い、彼のアシスタントをすることに！　最初は上品な紳士だと思っていたのに、彼の本性はとってもイジワル。かと思えば、突然甘やかしてきたりと、結月は彼の裏腹な溺愛に次第に翻弄されていき…。

ISBN 978-4-8137-0600-7／予価600円＋税

Now Printing

『最高の恋はキミとだから』 紅《くれない》カオル・著

老舗和菓子店の娘・奈々は、親から店を継いだものの業績は右肩下がり。そんなある日、眉目秀麗な大手コンサル会社の支社長・晶と偶然知り合い、無償で相談に乗ってもらえることに。高級レストランや料亭に連れていかれ、経営の勉強かと思いきや、甘く口説かれ「絶対にキミを落とす」とキスされて…!?

ISBN 978-4-8137-0601-4／予価600円＋税

Now Printing

『ツンデレ専務とラブファイト！』 藍里《あいさと》まめ・著

OL・莉子は、両親にお見合い話を進められる。無理やり断るが、なんとお見合いの相手は莉子が務める会社の専務・彰人で!?　クビを覚悟する莉子だが、「お前を俺に惚れさせてからふってやる」と挑発され、互いのことを知るために期間限定で同居をすることに!?　イジワルに翻弄され、莉子はタジタジで…。

ISBN 978-4-8137-0602-1／予価600円＋税

Now Printing

『あの夜のこと、疑わしきは罰せず』 あさぎ千夜春《ちよはる》・著

食堂で働く小春は、店が閉店することになり行き場をなくしてしまう。すると店の常連であるイケメン弁護士・関が、「俺の部屋に来ればいい」とまさかの同居を提案！　しかも、お酒の勢いで一夜を共にしてしまい…。「俺に火をつけたことは覚悟して」――以来、関の独占欲たっぷりの溺愛が始まって…!?

ISBN 978-4-8137-0603-8／予価600円＋税

タイトル、価格等は変更になることがございますのでご了承ください。

ベリーズ文庫 2019年1月発売予定

『ウェスタの巫女』 星野《ほしの》あたる・著

Now Printing

ウェスタ国に生まれた少女レアは、父の借金のかたに、奴隷として神殿に売られてしまう。純潔であることを義務づけられ巫女となった彼女は、恋愛厳禁。ところが王宮に迷い込み、息を呑むほど美しい王マルスに見初められる。禁断の恋の相手から強引に迫られ、レアの心は翻弄されていき…!?

ISBN 978-4-8137-0604-5／予価600円＋税

『天江国寵妃譚～強制された婚姻と皇帝の初恋～』 及川《おいかわ》 桜《さくら》・著

Now Printing

人の心の声が聴こえる町娘の朱熹。ある日、皇帝・曙光に献上する食物に毒を仕込んだ犯人の声を聴いてしまう。投獄を覚悟し、曙光にそのことを伝えると…「俺の妻になれ」――朱熹の能力を見込んだ曙光から、まさかの結婚宣言!?　互いの身を守るため、愛妻のふりをしながら後宮に渦巻く陰謀を暴きます…！

ISBN 978-4-8137-0605-2／予価600円＋税

『異世界で崖っぷち王子を救うため、王宮治療師はじめます』 涙鳴《るいな》・著

Now Printing

看護師の若菜は末期がん患者を看取った瞬間…気づいたらそこは戦場だった！　突然のことに驚くも、負傷者を放っておけないと手当てを始める。助けた男性は第二王子のシェイドで、そのまま彼のもとで治療師として働くことに。元の世界に戻りたいけど、シェイドと離れたくない…。若菜の運命はどうなる？

ISBN 978-4-8137-0606-9／予価600円＋税

電子書籍限定

恋にはいろんな色がある。

マカロン文庫 大人気発売中！

通勤中やお休み前のちょっとした時間に楽しめる電子書籍レーベル『マカロン文庫』より、毎月続々と新刊発売中！　大好きな人に溺愛されるようなハッピーな恋から、なにげない日常に幸せを感じるほのぼのした恋、届かない想いに胸が苦しくなる切ない恋まで、そのときの気分にピッタリな恋が見つかるはず。

［話題の人気作品］

「お前が欲しい。……抑え切れない」次期家元との焦れ甘ラブ

『【極上御曹司シリーズ2】一途な御曹司は迸る恋情を抑えきれない』
水守恵蓮・著　定価:本体400円＋税

政略結婚だと思っていたけど、とろとろに愛されて…

『極上婚～御曹司に見初められました～』
鳴瀬菜々子・著　定価:本体400円＋税

突然始まった同居生活は甘い危険がいっぱいで…!?

『医者恋シリーズ　冷徹ドクターのイジワルな庇護愛』
未華空央・著　定価:本体400円＋税

極上御曹司が、庇護欲丸出しで迫ってきて…!?

『御曹司の愛され若奥様～24時間甘やかされてます～』
降川みつ・著　定価:本体400円＋税

各電子書店で販売中

電子書店パピレス　honto　amazonkindle
BookLive!　Rakuten kobo　どこでも読書

詳しくは、ベリーズカフェをチェック！

小説サイト Berry's Cafe
http://www.berrys-cafe.jp

マカロン文庫編集部のTwitterをフォローしよう
@Macaron_edit 毎月の新刊情報をつぶやきます♪